Camp Notes
and Other Writings

Mitsuye Yamada

総目次

凡例

一　本書は、Mitsuye Yamada, *Camp Notes and Other Writings* (New Brunswick, New Jersey: Rutgers University Press, 1998) の全訳である。
一　原文中のイタリック体の部分は傍点を付けて示し、書名などは『　』で表した。
一　訳者による注は、1、2……で示して各作品末に付した。
一　〔　〕は訳者が補った言葉である。
一　原文中の引用符 " " は「　」で表した。
一　原文中のイタリックスで印刷された日本語は、そのままアルファベットで表記した。英語の中での外国語としての日本語の独特の雰囲気を伝えるためである。
一　本文中で日本人移民一世の話すたどたどしい英語や独特の発音は、注記をしたり、ルビをふったりした。
一　ローマ字表記の日本語の直後の英語訳は、煩瑣になる場合は省略した。
一　ローマ字表記の日本語のうちで明らかに誤植と思われるものは、著者の了解を得た上で修正した。

本文イラストレーション　ジェニ・ヤマダ〔著者の長女〕
本文毛筆書　ヨシカズ・ヤマダ〔著者の夫〕

収容所ノート——その他詩編

母ヒデに。
父ジャックの思い出に。
そしてヨシと
私たちの生きがいの子どもたち
ジェニ、フィル、スティーヴ、カイ、ヘディと
三世と四世のみんなに。

目次

第一章　一世の両親
再度開拓者となる
その言葉を今聞く

母が今言った事
其内に分って来る。

母が今言ふ事[1]

haha ga ima yu-koto
sono uchi ni
wakatte kuru

母が今言ふ事
其内に
分って来る。

1　原文では見開きの左ページに筆書きの日本語があり、右ページにはイタリック体のローマ字表記の日本語、そして同じ内容の英文による詩が載っている。

大おばあちゃん

大
おばあちゃんの仕切った
箱の中の貯え
色とりどりの石
黄ばんだ紡ぎ糸
松ぼっくり
布の切れ端
折りたたんだ紙袋
干した海草
干し柿
苦いメロンの種
粉のような緑茶の
葉

人生の割当て分だと
言うだろう

使い切ったら
死ぬ時だと

結婚は外国だった 1

ここへ来たのは
みんなが
夫に付き従わなければ
と言ったから

だから来た。

おばあちゃんは泣いていた
不具でもないのに
どうして
アメリカへと。

あたしら花嫁でいっぱいの船が
着岸したとき
こんなふうに
手すりに身を乗り出して

つやつやの写真がしわになったのを
みんな手に持っていた
とても興奮して
男でいっぱいの下の埠頭では
同じことをしていた
こんなふうに
写真を手に持ち
見上げては目を落として
写真と合う
顔を見つけた。

父さんも埠頭に見えた
結婚するため日本へ来て
先に戻っていたから
あたしは写真花嫁じゃなかった
でもむやみに怖かった。

1 題を含めてこの詩は移民一世の女性がたどたどしい英語で語っている。

家に帰る事[1]

ティリー・オルセンを受けて[2]

未亡人の私は
人生をやり直す
嘘をかき消して
いつも家の中に
埋もれている
夜毎の悲しみ
まだ泣き止まない。

子供のおまえも
私を叱る
よく不機嫌そうにして
私が泣くのを見ようとしない
三五年を経て一人身となり
ようやく生きる権利を得る。

最初に生まれた兄さんは
いつもこの腕の中で
ふぐりが腫れては泣き
耳もとで泣き叫んだものだ
私は一人で泣き
眠りは訪れない。

二番目に生まれたのも
男の子
ほどなく前後して生まれた
病気がちな兄と弟
三人で泣いたものだ
ほかには誰も
いなかった。

おまえを身ごもって
病気になった
パパは日本の母親の許へ

帰れと言った
そこでおまえは生まれたが
上の子二人が待つアメリカの家へ
私は戻った
おまえを乳母に預けて
日本に残し
あとで呼び寄せる
ほかになかった。

若いおまえは
私がどんな苦労したか知らない
病身なのを私のせいに
しているのだから
おまえが家に着いたとき
病院へ連れていった
家には二人の息子がいて
父さんは当てにならず
夜勤の看護婦もなく私が

一晩中おまえに付き添った
私が立ち去らないよう
おまえは泣きせがんだ。

おまえを愛して
愛なしで
生きる苦痛は
知らずにすんだ
友達は首を吊って
死んだ
子供が八人もいたのに
どんな理由で
そんなことが出来たか
分からない
その人のことを考えてみては
慰められる。

あんなに小さくて、毎日学校のあとで

おまえは走って帰ってきた
ママが生きていることを
確かめたかった
から。

1 この詩も移民一世の女性によるたどたどしい英語で語られている。

2 Tillie Olsen（一九一三―　）。アメリカの作家で、フェミニズム活動家。作者はその作品に感銘を受け、即座にこの詩を書いて送ったという

寝るときのお話

昔々と、
パパが語ったように
日本の昔話は
始まる、
おばあさんが一人旅して
小さな村々をめぐり
夜露をしのぐ
宿を探していた。
訪《おとな》いに応えて
戸がほんの少しだけ
開いては
すぐ閉まった。
もうそれ以上
歩くことが出来ず
疲れをおして丘に登り
空き地を見つけて

息を整えるために
少しの間
横になって休んだ。

星のようなまばらな灯りを
除いて下に見える村は
寝静まっていた。
急に雲が開け
満月が家々の上に
かかるのが見えた。

おばあさんは起き上がって
村の方へ
向き直り
祈るように
呼びかけた
村人よ
ありがとう、

一夜の
宿を拒むという
親切が
なかったなら
私のような者がこの
忘れがたい眺めを
目にすることはなかった。

パパは話すのをやめ、私は待った。
谷を見下ろす
丘の上の居心地の良い
シアトルの家の中にいて、
私は叫んだ
「それでおしまい?」

遠慮

遠慮[1]

遠慮は日本語の言葉で
in leo[2]のように
聞こえる。
ライオンの中にいるのが
謙遜とどう係わるのか
パパに聞いてみたら
多分
ライオンは
王者のように誇り高いと
言い伝えられ
遠慮は姿を変えた
誇りのことだから
だろうと言った。

そうだとしても
それは自分を抑えて

いいえ結構です
と言ったり
いいえ大丈夫です
と言ったりすること。

1 原書では見開きのページの左にこの詩の日本語題が筆書きで印刷してあり、右に英語の詩が載っている。

2 「ライオンの中に」という意味になる。leoは童話などに出てくるライオンの名前。

会話

私は言った

二〇年も一緒に暮らして
あの子が家を出ていこう
としているのが
分からないんですか
ちゃんと
あの子が言うことを
聞いてあげなくちゃ
黙って
聞いてあげて下さい。

あの人は言った

でもそうしたんだ
ここに呼んで

あいつに
聞いたんだ
何か
言いたいことが
あるそうだが
何だと
そしたらそこに
突っ立ったまま
黙りこくって
窓の外を
見てた。

第二章　収容所ノート

立ち退き

両手にカバンを提げて
バスに乗ると
(カバン二つもの
荷造りなんて初めて
休暇旅行で
しかも永遠の休暇旅行で)
シアトル・タイムズの
カメラマンが言った
笑って!
だから素直に私は笑った
翌朝の写真の説明には
こうあった――

笑顔の立ち退き
日本政府への教訓

バスに乗って

誰が行くの？
ＦＢＩに調べられて
捕まった
皆のまとめ役の人は行かない。
私たちの父は
三重の錠の
向こうに残った。
何の罪なの？
あるかも知れないスパイ行為
それともありっこないスパイ行為。
どっちだったか私は忘れた。

行かなくていいけど
留置場の中の人たちだけが
向こうに残った。

それ以外の私たちは
ハーモニー収容所へ
そこで生まれた最初の赤ちゃん
つけられた名は

メロディー。

品評会会場のハーモニー

どうしてあの兵隊さん檻に入ってるの
あんな風に?
自由な子どもの
世界では
制服の監視兵は
外の檻に閉じ込められて立っている。
私たちは遠くまで歩いた
門や檻の縞模様の監視兵から離れて
おがくずを敷き詰めた地面
大勢の人がかつて
ピュアラップの市《いち》の
品評会の入賞牛を
見て歩いたところ。

これを敷いて寝るようにと
藁入りのモスリンの袋が配られた。

何人かは観覧席の椅子の下に
家畜みたいに入れられた
卵形の広場に
平行な列ができる。

食べ物に並ぶ列
シャワーの列
トイレの列
注射の列。

消灯時間

私たちの区域には
くそまじめな班長がいて
何をどうしろと
私たちに命令した
見回りのヘルメットをかぶって。

明かりを消しなさい
消灯時間だぞ！

私は毛布をかぶって
懐中電灯で
本を読んでいた
でも仮設住居の木材は
灼熱の太陽で
意地悪く縮んでいて
一筋の光を

漏らした
その明かりを消せ。
明かりをつけてはいけない。

屋外トイレで

私たちの共同のごみ捨て場
我慢できない
空気が立ちこめ
目を焦がす
私はこの場所に
月のものと
紅いものを隠す
それは洗い流されもせず
土にしみこみもしない。

うず高く積もり
大地を埋める
私は溺れ死んでしまいそう。

アイダホ州ミネドカ

ミネドカで私は
飾りふさのついた
白のバトンガール・ブーツを
モンゴメリー通信販売に
一足注文した
そしてくるぶしの深さの
砂埃の中を闊歩した。

大蛇のネズミクイが
境界沿いに放されたと
聞いていた
恐ろしいガラガラヘビを
駆逐するため。
卵から孵り鉄条網を
越えて逃げて来た数匹の
みなしごの幼いガラガラヘビを

マヨネーズのビンに入れて
男の子たちが世話をしている。

逃がしてあげたらと私はジョーに言った
毒でやられるわよ。
でも迷子なんだよ、それにほら
目も見えないんだ、とジョーが言った。
助けてあげたのさ
苛《いじ》められないように。

第四区第四棟C室

鉄条網の囲いが
私たちを守ってくれた
ひどく絡みつく
ヨモギから。
老いた男たちが取り除きもした
節くれだった
手で。
筋っぽい枝は
汗と脂で
こすられ磨かれて光った。

ヨモギは枝を伸ばした
私たちのリンゴ箱を台にした
コーヒーテーブルの下にも周りにも。

日々の暮らしがこぼれ出た

漆喰の壁を通して
入り交じった声が聞こえた。
一人の身ごもった細君も
皆に聞かれていた
夫が一日中碁を打っている
あいだ
彼女は一人すすり泣いた
そして建物中が
もらい泣きの涙を流した。

砂漠の嵐

食堂の近く
洗濯場そばの
トイレ沿い
黒いタール紙を貼った
建物の並びの間を
班長が駆け足で通り過ぎた。
全員避難せよ
竜巻が来ると言いながら。

何百もの窓が
ぴしゃりと閉められた。
私たちの室では
五人が手分けして
食堂の
バターナイフを使って
新聞やぼろ布を

隙間に
詰め込んだ。
だがアイダホの砂埃は
しつこく入り込み
毛布の下で小さくなっている
私たちを見逃さない。

これは
監
禁
じゃないんだ。これは
転
住
なんだ。

内輪のニュース

小さな人だかりがしている
禁じられているはずの
ラジオ
何だって、
わしらが
いくさに負けてるだって。
わしらって誰だ。
わしらってわしらさ、　敵だよ
敵ってのは敵だよ。

雑音でわしらには
聞こえなくなる。
敵はうろたえている
敵は断固として
勝つつもりでいる。

食堂の
うわさ話では
父や母の世代は
さむらいの志を持ってるが
今ではまるで子供だ。

監視塔

監視塔
軍服を着た
見張りが
ただ一人
閉じこめられている
自分の国の奥深く。

私は病院へ歩いた
夜半の勤務交代に。
娯楽ホールの長い建物は
百足《むかで》の胴体
居住棟はつながる脚のよう
そこから聞こえる
生バンドの歌う
マリア・エレナ
君は僕が夢に見た人。

疲れた若者が
肩を寄せ合い
軽やかに体を揺らす

こうして私たちは日々を過ごした。
私たちは愛し合いそして生きた
人々とまったく同じように。

志願兵徴募官

病院の
夜勤明けの帰り
妙な人だかりに足をとめた
陸軍軍服の二人のまわり
外側の老人が叫ぶ
Baka ya ro nani yutto ru ka
内側の輪は聞き耳をたて
外側の輪は叫ぶ
Bakani suruna
曲がったスプーンが
私の頭にあたった。
私は振り向いて見回した
私の見た無数の据わった目
聞いているのかいないのか
様々な声が
砂漠に

こだまするのを。

私は両手で
耳を覆って
走った
でも、ひとつ
寂しげな
声が
追いすがる。

なぜ俺が志願しなくちゃならないんだ！
俺はアメリカ人だ
俺にもあるはずだ
徴兵される権利が。

捕虜

囲いの
中に座り
すべての苦痛を
外に残してきたことも
忘れ果て。

毎朝の
食堂通い
食欲があろうが
なかろうが。

——じゃっき[1]

「じゃっき」は私の父、ジャック・ヤスタケ（安武）の雅号である。父は以前移民局の通訳を勤めており、一九四一年から一九四四年の間ＦＢＩによって抑留された。これらは父の二つの川柳を訳したものである。

1　雅号の漢字表記を著者に探してもらったが見つからなかった。あるいは「雀喜」などか。

捜索救助

自由の雰囲気を求めて
私たちは隊に加わった。
何を探すんですか
節くれだった
ヨモギの林の中で。

おじいさんが一人
頭がおかしくなって
迷い出たそうだ。
私たちは彼を門の中に
連れてくる捜索隊。

私たちはまっすぐ一列になり
おじいさんの曲がりくねった
足跡を少しずつ追った。
おじいさんは

砂塵に半分埋もれて
土へ還るのだろうか。

おじいさんを掘り起こし、
引っ張りあげて、骨壷に入れ、石の壁の壁龕《へきがん》に
安置しなければならない。
祀《まつ》らなければ。

気を紛らすために

気を紛らすためにしたのは、
忙しく体を動かす
先生をする
看護婦をする
タイピストをする
詩を
読んだり書いたりする
拘置所の父へ手紙を書く
大学へ手紙を書く
(私のウェブスターの辞典の後ろに
載っていた
全米で一三三の大学が
返事をくれた――入学不許可
彼らは私を恐がっている)

でも心は騙せなかった。

通り過ぎた人たち

私の心の奥を通り過ぎ
歩み去った人たち。

手作りのアップルパイを賭けてもいい
一〇〇年経っても
ここから出られっこないよ。
　それは無理だよ。
　一体どこからアップルパイを
　手に入れるんだ。
わかった、じゃ一〇〇万ドル
賭けてもいい。

きれいな庭が出来ましたね、*Obasan.*
　いえ、たいしたものじゃないです。
　シアトルの家の庭には
　美しい花がたくさんありました。

シアトルに居られなくてお気の毒ですね。
Sore wa shikata ga ari masen ne?

お名前は？
Bo ya
どこの家の子？
どこの家でもない
（その子の背中には札が留められていた——
ぼくに食べ物をあげないで下さい。）

食堂のしつけ

そのお母さんは口元に笑みを浮かべて
私の目をそらそうとした
でも私は彼女が娘をつねるところを
まだ見ていた、その子が
手でつかんだ煮豆をもどし
声にならない叫びをあげる姿と
目にいっぱいためた涙を。

忠誠とは

かつて一度
外国人登録申請を
締切前に出してみた
番号をつけられ指紋をとられ
許可なしの
旅行を禁じられた。

しかし外国人なのにやはり
私は天皇への忠誠の放棄を求められた。
私にはたやすいことだった
天皇の顔さえ知らなかった
でも母ははっきりとこう言った
　私が署名すれば
　私は自分でなくなる。
　私の忠節心は二倍
　アメリカ人のわが子たちにだけでなく

わが同胞に対しても持っている。
二倍にするとゼロだなんてことがありますか。
私は誰にもこの戦争に負けてほしくない。
皆そう思っている。

私は数学は
苦手だった。
外へ出られる唯一の切符に
私は署名した。

一九四二年から一九四五年にかけて、日系アメリカ人の被収容者は、収容所を出て米国東部へ行く時には、後にいわゆる「忠誠宣誓書」として知られた書類への署名を求められた。

さよならの前夜

ママは私の下着を
繕っている
兄や弟が寝ている合間に。
夫はＦＢＩに拘束され
息子の一人は志願して陸軍に入った
今、もう一人の息子と娘が
外の自由な世界に思い焦がれている。
行かせてあげなければならない。
戦争は続く。
ママはもう一人の小さな男の子を連れて
収容所でパパと一緒になり
家族として暮らすことになる。
まだ針を動かしている
ほの暗い明かりに目を細めて
第四区第四棟Ｃ室で
ママが囁く

忘れちゃだめよ
下着はいつも
よく繕っておきなさい
何かあったときに
家の恥に
ならないように。

三〇年の隠蔽

私は自分の傷を
頑丈な鉄の箱に
詰めて
封印して
貼り紙をした
開けるな……
絶対に……

そして目をそらして歩んで来た
三〇年の間

するとある日私は
大きな丸い目の黒人男性が言うのを
聞いた
何より一番
屈辱的なのは

殴られるより
罵られるより
唾を吐きかけられることだ

犬のように。

シンシナティ

ついに自由
この街をあてもなく
ラッシュアワーの雑踏の中を
私は歩いた
本当の街での
私の最初の日
そこでは

誰も私を知らなかった。

誰一人、ただ、蔑《さげす》んだ声が
聞こえてきた
汚いジャップめ
右の頬になま暖かい唾。

私は向き直って
ショーウィンドーを見た
唾を吐かれた私の顔が
積まれた本と
重なって映っている。
陳列された言葉。

ガバメント広場を
人々がてんでに
横切っている
巨大な車輪の
輻《や》のように

私は右手を上げようとした
だが言うことをきかない。
もう一方の手がぎこちなく

ハンカチを探した。

涙でそれを洗い流せは
しない。涙は止まってから
二つに別れて流れた。
ハンカチで
二筋の涙と
唾を一緒に
拭《ぬぐ》った。
人混みの中を歩道の縁《ふち》へ歩み
拳の握りをゆるめた
やがて母が漂泊してアイロンをかけてくれた
レースのハンカチが側溝の中で
歯形のついたガムのかすや
踏みつけられた飴の包み紙の上に花と開いた。

誰もが私を知っていた。

第三章　その他詩編

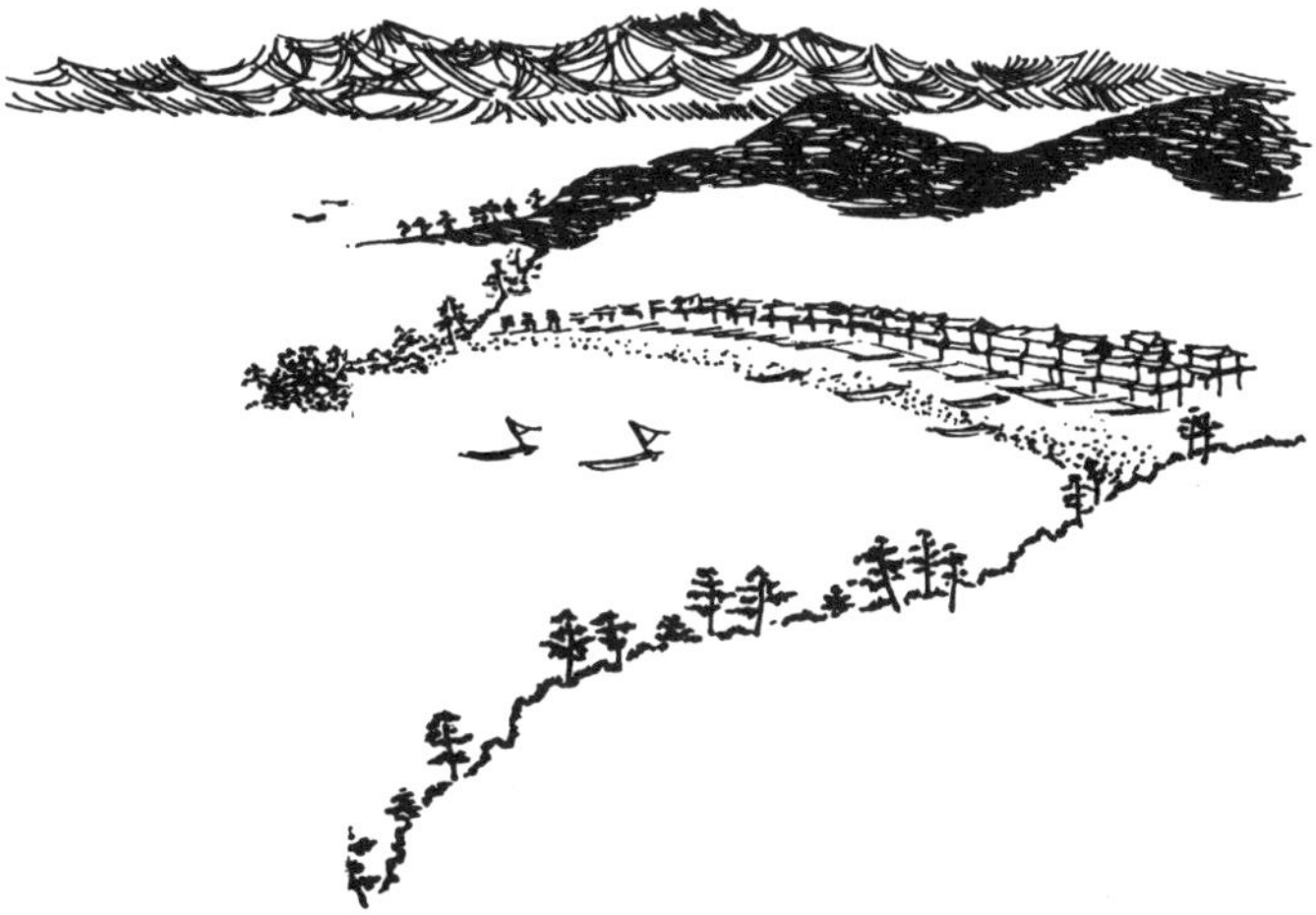

マンハッタンの自由

私たち三人の女の子は
家から二、〇〇〇マイルも離れた
その距離を気にかけながら
台所の
蓋のついたバスタブの
後ろの暗がりで小さくなって寝た。
男の子には
居留守をつかうこともあった
イースト・リバーの目と鼻の先
このお湯の出ないアパートで。

呼び声と固い握り拳の音が
私たちのドアに鳴り響く
入れてくれ、ハリーに言われて来た。

　　ドアを叩いて困るから

男の子たちを捕まえてくれだって？
机の後ろで巡査部長は
大きな声を出した、出直してくれ、
もっとひどいことがあったら
その時に出直してくれ。
私たちの手は
柵の手すりを握りしめた
彼は鉛筆の先を舐めて
それを振った
私たちの魂ごしに。

翌日
堅い拳が
ドアを叩き、蝶番を壊し
私たちの防御を
破った。

私たち三人の大きな女の子は

赤い靴ひもをして
パトカーの
窓ガラスを下げ
「握り拳」君を
探した。

警察は私たちを乗せて
近所を一回りして戻った
イースト・リバーの目と鼻の先へ。
いいかい君たち、面倒をおこさないでくれよ。
引っ越せ、引っ越せ、と彼らは言った。
でも家賃が安いんです、と私たちは言った。
処女なんてもっと安っぽいぜ、と彼らは言った。

見回すと

マイノリティって
きっと妙な気分なんだろうな。
と彼はしゃべっていた。
あたりを見回すと
他には誰もいない。
だから私は言った
ええ
きっとそうね。

あの女の人へ

なぜ日系アメリカ人は
政府が自分たちをそれらの収容所へ
送り込むのを抵抗もせずに許したのと
尋ねたサンフランシスコのあの人。

考えてみればたしかに私は

カナダに逃げるべきだった
アルジェリア行きの飛行機を乗っ取るべきだった
ブラジャーなんか
体からかなぐり捨てて
股間をけっ飛ばしてやるべきだった
銀行を爆破すべきだった
我が身を犠牲にすべきだった
木造の家に
たてこもって

私の体が燃え尽きるのをあなた方に
六時のニュースで見せるべきだった
裸で泣きわめきながら通りを走り
朝食時のあなた方を
AP通信の電送写真で驚かせるべきだった
キティ・ジェノヴィーズ[1]のように
大声で抵抗を叫ぶべきだった

そうすれば
あなた方は

燦然たる鎧を身につけ助けに来てくれただろう
線路に身を横たえてくれただろう
ワシントンに向かって行進してくれただろう
ダヴィデ[2]の星を腕に入れ墨し
六百万通の怒りに満ちた
手紙を議会に送ってくれただろう

だが私たちは我慢して従った
どこまでも
法と秩序と行政命令第九〇六六号
社会秩序、倫理秩序、国内秩序

あなた方がそれを許した
私がそれを許した
すべての人が罰せられる。

1 Catherine (Kitty) Genovese. 一九六四年にロング・アイランドの Kew Gardens にある自宅で乱暴の上殺害された事件の被害者で、当時全国的な関心を呼んだ。

2 六つの尖端のある、三角形を二つ重ね合わせた形の星のマーク。ユダヤ民族、ユダヤ教の象徴。

こっちでは

私はいつも
芽キャベツやタケノコみたいに
土から頭を出している人間
あるいは薄切りや切り身みたいな
ひとつの具のような人間だった
だから
近所の男の子たちははやし立てた
ミーツーイー　チャプスーイー[1]

1　最終行は、作者の名前のミツエとチャプスイ（肉や野菜の炒め煮を米飯にかけたアメリカ式中国料理）とをひっかけたはやしことば。原文はMIT SUEY CHOP SUEY.

あっちでは

かつて私の出身の地に
戻ったとき
私は「メイド・イン・ジャパン」の
服を着せられて学校へ通った
すると川岸の
小さな子たちが縄跳びをやめ
歌いはやした――

America no ojo-o san
doko ni iku-u
America no ojo-o san
doko ni iku-u

演説

ザンビアは教会会議の面前に立った
彼の黒い素肌を包む
ダシーキ[1]の片隅に
用意した文書をまっすぐにもって。
数百の代議員たちは立ち上がって
静まりかえり、いまや遅しと
耳を聾するばかりの歓声を挙げようと
待ちかまえていた。

「我々は……」
と言ってからたっぷり五分間、
ザンビア、五〇歳、は泣いた。

1　ダシーキは、アフリカの民族衣装を模した、色彩華やかなゆったりした上着。

いしずえ

ここはあらゆるものが育つ
場所にすることができるだろう。
ブルドーザーが乾いた大きな木と
無用の岩を取り除き終わった。
左右対称の建物群は
まだ姿を見せていない。

ところでこの土埃の上に
力強い灰色や緑色をした
姿が七つあった
小さいのや細いのも含めて
平行に直立している。
誰かがT定規で設計して植えたわけではない。
蜘蛛の巣のような触手が伸びて
丸い屋根を形作っている。

誰がかたどったわけでもない。

ここに
小さな斑点で星形をなしている
これらは私の庭で新しい苗木に
割り込んでくる連中だろうか。
入念に養分を施され守られている私の庭で。
そのとおり。
私はそれらに処刑を言い渡した
指でつまみ取って。

だがここでは
無数の仲間にかこまれて
それらは草ぼうぼうの原野にはびこり、
手入れもされぬ土地の
数エーカーを奔放に飾っている。
明日にはそれらは生息の地から追放される。

そして人間の汗の
飛び散る滴《しずく》で潤され
また新しい大学が芽を出す
そこでは
しつけられ立派に磨かれた
精神が育つ
入念に
列をなして植えられ。

雑草がでたらめに顔を出す余地はない。

頼みの綱

私の天幕が縮む
私は地面のあたりをはいつくばる
死を巡って
廻りながら

見上げると
光の縫い目が
見える。
なんとか口を
突き出して
思い切り息を
してみたい。
男が
自転車の空気入れを
持ち
そして

指で
まさぐりながら
入り口を
探り出せないで
いる
音が聞こえる。

ここだってば
私は刺すような言葉を
狭い天井に投げつける
一人の
目撃者に
向かって。
しかし彼は私の墓に立ちつくす
花束のように空気入れの筒を持って。

ある人生の物語

多くの方がしばらくの間
埃のない雑菌のない人のいない病室で
治療に取り組まれますとかかりつけの医者が言った。
私は死ぬわけではないスモッグと
循環器センターでの毎日の治療の方を選び、
ニシャン・トゥール・スタジオで彫刻のクラスに入り、
多くの胸像を制作し、
車を運転して英語を教えに行った。

私の創造力は
子宮筋腫までも育ててしまった
だが産婦人科医は呼吸担当技師の待機がなければ
手術はしないと言う
彼が私の下半身に取り組んでいる間に
上半身の不調がおきた時のために。
それで呼吸担当技師がさらにX線を撮りそしてさらに

検査をしてこう言明した。
　私には
　　普通の喘息のように思える。

治療に通わなくなって七年経った頃は
死に脅かされず生きることには
少し慣れが必要だった
しかし今ではたいていの場合
死を意識せずに生きていられる。

モデル・ハウス

白い旗の列が
雨にけむり
不気味にはためいて招く
展示住宅に。
瞬きもせぬ目が見つめる
私たちが
静かに進むのを
海底の水没した街に
そこでは青いラッパ形の灯りが
セメントの壁を照らしていた。
私たちは髑髏《どくろ》の群に到着し
そして骸骨の砦に入り
それが私たちの家となった。
今私たちはここに住む
嬉々として。

サンタクルーズにて

しなやかな松の木が
地面のうねりに沿って
かつて吹き去った
風の向きに傾いていた。

通り過ぎる人の声が聞こえた
ほら
ここの樹
本当に自然のまま。

その木陰で
あちこち何度となく
繰り返し突き進んでは
私の幼い子はころび
足を弾ませ
鉄の支柱に

力を込めた。
すってんころり。

ほーら
私のぜんまい仕掛けの人形さん
あんよでたっちして、
と私。
キンキンした声が響く。
ママ見て、
届きそうだよ。

家に帰り
針金を道具でぷつんと切った
それががんじがらめにしていたのは
クリスマスの贈り物、
私の盆栽。

福祉の島

ローズに

私たちの大好きな
アビーおばあちゃんを
D病棟のみんながうらやむのは
彼女の愛する息子たち娘たちいとこたちが
やって来て
毎回必ずパレードのように
両手を大きく広げお見舞いの品や
キスを贈り無邪気な遊びを楽しむから。

今日三人の賑やかな孫が見ているのは
おばあちゃんが家族のかわいいおめかしさんを
身振りでまねするところ
声を出さずに。
ほら見て

おばあちゃん二本の指で何か合図している。

みんなで遊んでいる――
ペニーのプードルが二匹の子犬を生んだってこと？おばあちゃん
サミーが二番目の歯を折ったってこと？
違う？
そうじゃないよおばかさん
おばあちゃんのしているサインはVだよ、二じゃないよ
ジャックの組の勝ちだね今日は
そう、ほら、頷いているよ、そうなんだ。

ほら帰るところだ
跳ねまわりながらぞろぞろ歩いて行く
毎日同じように
別な人たちが来ておばあちゃんは
幸せそうに金属製ベッドに座り

全身を目のようにして
見つめる。
さてD病棟は眠りにつくだろう
何かを思い出すこともなく
でもほら聴いて
あのゆるやかなうめき声
声の出ない喉からもれる。

アビーおばあちゃん
大丈夫?
お医者さん呼ぼうか?

銀の記念日[1]

表面のさざ波にもあなたは
気づかなかった
あなたは想像もしなかった
波が寄せるごとに、そんなにもの
海草が
あなたの指先からこぼれ落ちるだろうとは。

ずっと忙しかった
この二五年間
鋭い歯を持つ
フジツボを養い、
捨てられた瓶を満たし、
岩を緑に染め
あなたのお腹を
数珠《じゅず》繋がりの突起のある貝と
暖かいこけで覆い続けて。

もしあなたが私を外気にさらせば
私のみずみずしい筆跡は
乾いて伸びきってしまうだろう
浜辺いっぱいに。
私は乾いた音をたてる
あなたの足下で一歩ごとに
それから
潮が変われば
私は水中で生き返る
水に入れると開く日本の造花のように。

私たちは夜からだを動かし
もつれた手足をゆるめ
青白い閃光を放つ
痕跡を残す。

[1] 「銀」は結婚二五周年を表す。

もう一つの例

私はワッツ[1]詩の会の女性たちと
詩を読んだ
彼女らが言った
私たちはこのウーマンリブってものには関心がありません
私たちは今でも発展途上だからです。
私は国際女性会議で
第三世界のある女性と話した
彼女が言った
私はこのウーマンリブってものには関心がありません
私は今でも助けているからです
まだ発展途上の
自国の男たちを。

私は言う
この私の小さな体には
二つの超先進国の文化が宿っています

でも見て下さい
私の立場を！

1　ロサンゼルス南部の黒人が多く住む地区。一九六五年に大きな人種暴動が起こった。

サンドバッグ

私は自分の女性解放という
妖怪をひけらかした
するとヨシが言った
なかなかいい保険証書だ
僕が死んでも未亡人でちゃんとやっていけるよ。

鏡の鏡

みんなが僕がどこから来たんだといつも聞くんだ
と息子が言う。
困るのは――僕は心の内側じゃアメリカ人で
　　そして体の外側は東洋人なんだ

カイ、違うよ
外側と内側を入れ替えてごらん
それがアメリカ人の姿だよ。

砂漠行

——詩と物語

マイク、トシ、ジョーの
兄と弟に

謝辞

これらの作品のいくつかが形を成して行く過程で辛抱強く感想を述べて下さった、多文化女性作家連合（Multi-cultural Women Writers）のサリエ・ムネマツ・ヒルキーマ氏と、原稿に注意深く目を通して率直かつ得難い意見を述べていただいた、MELUS（Multi-ethnic Literature of the United States: アメリカ多民族文学協会）の創設者、キャサリン・ニューマン博士に謝意を表します。

ネリー・ウォン、マール・ウー、そして故カレン・ブローディンの各氏が政治行動を実践した不屈の勇気は、これらのいくつかの詩編を生み出す刺激を与えてくれました。フロー・マカラリー氏は砂漠の世界へと私を誘ってくれました。またペギー・ボーグマンさんは私を励まし続けてくれただけでなく、人文科学評議会（Humanities Council）にたゆみなく働きかけ、私の詩を含む民族系文学作品を全国の学生に近づきやすいものにしてくれました。これらの諸氏に感謝を申し上げます。ドキュメンタリー番組『ミツエとネリー』で、私が思いつきもしなかった「裁縫を覚えて」の映像化をしてくれた、アリー・ライトとアービング・サラフの両氏にも感謝いたします。アジア系アメリカ人作家で私の前に孤独な道を歩んだ人々、そして困難に立ち向かって執筆を続けている人々――スイ・シン・ファー、トシオ・モリ、ヒサエ・ヤマモト、モニカ・ソネ、マクシン・ホン・キングストン、ジャニス・ミリキタニその他多くの人々——に謝意を表します。

示唆に富む人生を示してくれた母ヒデ・ヤスタケと義母ナベ・イハに、そして最後に、未来に夢を持たせてくれた夫ヨシカズ、そして子供たちと孫たち(ジェニとフィル、スティーブンとシャロン、カイとヘディ、アーロンとジェイソン)にお礼を述べます。

目　次

第一章　私の居る場所

山田ミツエ

砂漠行

一

私は砂漠へ帰る
そこは罪人が
流されさまよい
死を迎えたところ
そこはサソリや
クモや
ヘビや
トカゲや
ネズミが
寄る辺なく共生するところ
そこは大地の彫刻の残骸が
穏やかに漂う砂に
埋もれるところ。

私たちが砂丘に近づくと
虫の羽音がしつこく耳にまとわりつく
砂礫《されき》を砕く靴底の
乾いた音がわびしい沈黙を破り
道を開く。

ここでは全てが静寂のうちになされ、
風は指先で砂の丘また丘に
縞模様の溝を刻み
なびく草は
斜面を紋様でおおう
ヨコバイガラガラヘビが視界をよぎって消える。
かつての私は静寂を聞くには若すぎた。

二

私は五四七日を自らの夢のうちに
ふさぎ込んでここで過ごした

目を見張るものなどほとんどないと
私は思った
ただ一面ヨモギと
動かぬ砂だけ。

世界で一番きれいな夕日を見つめても
何も見えなかった
四〇年前
私はここで遺書を書いた
小麦粉のようにきめ細かい熱い砂の中で
指をゆっくりと動かした
三つの言葉——私は・ここで・死んだ
風がその言葉を綴じ込んでしまった。

私は自分の亡骸《なきがら》があるはずと戻ってきた
私の躯《むくろ》は
二つのハマビシのやぶの
とげのある枝の間に横たわり

不思議にもそれは
放たれて死んだ小さな子牛のよう
骨はなかばなくなっている
この年月の間に

だがかまいはしない
心は治まり
私は乾いた枝木を取り上げ
埋葬の儀式を
自ら執り行う。

三

兵士がこの砂漠に持ち込んだ
大蛇ネズミクイのように
私たちもここに移された
あなた方の悪夢の中の
ガラガラヘビ[1]を追いやるため

私たちは誰かのたくらみの道連れ
あなた方の視野にちらつく
スパイを連れ去るため。

まばゆい砂漠の陽光で
私の肌は赤茶けて
同じ色の砂の中をうごめき
あなた方に与えられた仕事をこなした
私たちはあなた方に仕える捕食者。
私はあなた方の気持ちを安らげた。

私はあの奇妙な生き物。
雌のネズミクイ
私はあなた方の目の前で舌を振り出す
鏡に閉じ込められたその姿。
あなた方は私を利用するか
崇《あが》めて祀《まつ》りあげる
私が他の人と混じらないように。

四

夜空の星のかなたの漆黒は
手を伸ばせば届きそう
あたりの静寂に私は圧倒され
星はビロードのような紺碧の空に
硬貨ほどにも大きく奔放に輝き
その光は私の骨の髄まで
射し込む
私は身震いしながら屋外トイレに
とぼとぼ歩む。

朝見つけたのは
カンガルーネズミが
枯れ木やゴミで作った
荷車の後ろの
盛り上がった小汚い巣
彼らは私たちよそ者の存在を受け入れてくれた。

この夜の生き物が慎重に保つ
距離。

五

砂漠は世界の中の空き地。
素早いトカゲや毛の生えたアリのこの土地は
無用物としてしか役に立たない
変えることができる
などと思う前に去らねばならない。

でこぼこ道が終わり
私の体は感謝でいっぱいになる
あとは舗装された道路だ
家まで。
花に穂のついたユッカの木の列が
こわばったように手を振る
手を腰に当てて見送るものもある。

私は連れていかれても
砂漠には居られないし
かごに入れられ連れ戻されて
異国趣味の飾りになる気もない。
私はこの言葉を夜に書いている
今でも夜の生き物だから
でも私は慎重に距離を保ったりはしない。

どうしても私をあなた方の求めに従わせるのなら
私は死を選ぶ
そしてあなた方にもそうさせる。

1 ガラガラヘビ(rattler)には、裏切り者の意味もあり、アメリカに対して敵対行為をすると疑われた日系人のことを暗示する。

山田ミツエ

壁の穴

彼の愛した土地を守るために
ジェロニモがそんなにも長い間
闘った理由が分かった

アグネス・スメドリー[1]『女一人大地を行く』

私たちはよろよろとモハベ砂漠に入る
生気はやせ細ってなお
皮膚にまとわりつき
降り注ぐ太陽は
私たちの瞳を狭める
灰色の砂漠が入り込む
細めた瞼を通して

太陽が退《しりぞ》き夜が気配も見せずに
あたりを押し分けても
私は恐れない

私たちは火をおこし
暗闇に脈打って流れる休息を求め
口を開いて舌の味覚を満たす。

都市らしさを脱ぎ捨てたくてたまらずに
私たちは日の出とともに目を覚ます。

1　**Agnes Smedley**（一八九四―一九五〇）。アメリカの女流評論家。第一次世界大戦中にインド独立運動を展開して逮捕される。戦後ドイツに渡り、新聞記者として二八年から十二年間にわたって中共軍の活動を従軍報道した。*Daughter of Earth*（『女一人大地を行く』）は一九二九年出版。

山田ミツエ

地衣

ファスナーでぴったり閉じられた
テントの中で
私たちが寝ていると
新しく生えた地衣が
砂の吹きつける
岩の上にあふれ出す
オレンジのマーマレードのように
薄いナイロンの壁の外側を
飛びまわる蛍を
嵐を運ぶ西風が
鞭打つ。

迎えてくれる文化と
私たちとの間には
時間と忍耐が
あるのみ

地衣はゆっくりと
抗《あらが》う地面に
腐食性物質を吐き出すのだから。

火成岩の塊が土に変わる
一度に一粒ずつ
最初に入り込む苔や
若いシダが
砂漠を芝地に変えるには充分間に合う。

山田ミツエ

レンズの下の砂漠

誰も花を見てはいない――
本当には――
花はとても小さいし――
私たちには時間がない――
見るとは時間のかかること――
友達を得るのに時間がかかるように。

ジョージア・オキーフ[1]

拡大された
ソバを見てごらんなさい
生物学の先生が
私の近眼の目を
顕微鏡に誘《いざな》う
聞き慣れた名前の
粉のような丸い砂漠の花が
広げている
蘭の花に似た形と色の

輝くような群れを
むき出しの大地の
外皮の上に育つ
ソバを
映すのは
じっと見つめる
心の中の
もう一つの
目。

1 Georgia O'Keeffe（一八八七—一九八六）。女流画家。今世紀初頭のアメリカの抽象美術の先駆者。のちにより具象的なスタイルになり、シュール・レアリスム風の花や建築物を描いた。晩年はニューメキシコで多くの作品を制作した。

山田ミツエ

サボテン

私は驚くようなことを
期待して待ち受けている客
でも迎えるものたちは私の求めに応じないで、
黙って私の前に立ちつくす。
砂漠の案内書で身を固めて
私は待つ。
タマサボテンの
蛇腹の表皮は
豪雨のあと
水を貯めて伸びきり
一年かけて
水を消費してまた縮むと書いてある。
サボテンは大きくなるのに
百年かかると。
私はそれを自分で確かめたい。

友を得るにも歳をとるにも時間がかかる。
ウチワサボテンが私に向かって
トゲだらけの鎧をはぎ取って
近くにおいでとけしかける。
そうしたくても
あまりにも時間がたりない
はかない命のひとつにすぎない私だから。

灼熱の太陽が
頭上を押し進み
砂埃の中に私を閉じこめる。
私の砂漠は決して歳をとらず
もうすでに老いている。

山田ミツエ

砂漠の神秘

浅い墓が一列に並んでいる。苦力《クーリー》の一群が
炎天下にかり出される度に一人か二人は
落伍するのを覚悟していた。
メアリ・オースティン[1]『雨の降らない土地』

一

毎年つややかなクリスマスカードの表で
礼服と宝石をまとった
見慣れない賢人たちが
ラクダに乗って砂漠を渡る
足跡も残さず
夜空に長く尾を引き
燃え尽きる
流れ星を道案内に。

毎年私はここにやって来る

自分だけの贈り物を抱いて
数限りない星の下
あちこちにおぼろげに佇む
大きなユッカの木の間を歩くため。
その根は
地表に大きく広がり
私の血の
滴りを
待っている。

二

私は血をそそぎ込まれる
地面間近に
うずくまる
ハマビシの茂みから
ひからびもせず
しおれもしない

艶《つや》があり震えるその葉から
季節には
黄土色きらびやかな
風車のような花びらから
その根は地下深く
冷たい水を求めて
もぐり込む
かなたまで広がるこの土地に
等しい間隔を保ちつつ。

背丈の短いこの茂みに交じって
いずれ落ちる葉をつけて
豆の木が立っている
サフランの褪せた色合いが
曲がった枝に花開いている
それらの根は
七フィートの深さで
私のハマビシと出会い

ついには手をつなぐ
ちょうどアジア系の遺伝子に刻まれた
きずなのように
地面の下の温度は
いつも同じ。

夜のかすみの中
私は自分のハマビシを探し求める
自然の岩のまわりに
模様のように列をなして生えているところを
ちょうどあざやかに筋目をつけられた
禅寺の庭園のように。

1 Mary Austin（一八六八―一九三四）はアメリカの女流作家。結婚して一八九二年からカリフォルニアの、シエラ・ネヴァダ山脈とデス・バレーの間にある砂漠地帯に移り住んだ。『雨の降らない土地』は西部の荒涼とした自然の姿を描いた古典として評価が高い。

山田ミツエ

第二章　サトカエリ

山田ミツエ

アメリカの息子

一

一〇歳の時には
布切れで髪を丸めて
シャーリー・テンプル[1]風の巻毛を作り
歯を真っ白に磨いて
ペプソデント[2]風に微笑《ほほえ》もうとし
テカテカのタップ・シューズを履いて
やかましくリズムを取った
それで父は
日本の母親の許へ
私を送り
祖母は引き取った
私は身内なのだから、
一人息子の一切れが家へ
送られ、汚れた洗濯物のように

洗ってプレスをかけられ
アメリカへ戻される時には
おてんばのアメリカ娘というより
気品のある日本女性に仕上がるように

ついきのうまで
揺れる狭い橋を渡り
あの川を越えて
通学していた
息子を日々に思い出させるもの

何年も前に
稲のあふれる田んぼで
暗くなるまで働いていた
息子のように骨細の体。

二

Satokaeri

それがどこであろうと
自分が生まれ育った土地へ
戻ること
日本では祖母と
曾祖母の面倒を見るのが
しきたり
自分の代わりに
そうしてくれと
父が言った。

Satokaeri
手付かずのケーキの白い衣の
ように、その少年時代の記憶が
歳月とともに固くなっていく
不在の息子のため
戻って
代わりを務めること。

三

私は型にはまらずにやって来た
磨かれた廊下を走って滑り
shoji は後ろで閉めたことがなく
毎日引き延ばしては
石炭で暖めた
アイロン棒で真直ぐにする
祖母の巻毛について
質問するのを
やめようとしなかったし、
古い日本映画の中の
貴婦人のように
実の汁に浸した[3]
一掴みの綿で染めた
黒い歯を見せる
曾祖母の笑顔を見ては
怖がらずにはいられなかった。

祖母は尋ねていない
質問にだけ答えた
「そうだよ、おまえの父さんは私の息子
そしてこの家の主人で
二三年間で二度だけ
そのうち一度は家を建てるために
帰ってきた。
いい息子だった。
でも、アメリカにいたら
息子に
どんな有難みがあるだろう。」

1 Shirley Temple. 一九三〇年代に名子役としてハリウッドで活躍したアメリカの女優。
2 Pepsodent. 歯磨の銘柄。
3 作者が曾祖母のお歯黒について母親に聞いたことに基づくが、母親自身確かなことは分からなかったという。

山田ミツエ

どちらでも有罪

四〇年を経て
九州の生まれた土地へ
新幹線で滑り込む
高架上の線路から見える
村は小さく
抱いていた記憶が揺らぐ。

地元で医者をしている
いとこの迎えを受ける
「*Ma yoku kite kureta.*」
彼女の新しい医院は
形良く造られた池を見下ろし
五〇匹の鯉がよく泳いで
陽にきらめいている。
外側の廊下を
足早に

看護婦たちが行き来している

私が
大切なお客として
一人になったとき
玄関の入り口にとまって
日本語を口走っている
キイちゃんという九官鳥の
飼い鳥と話す
「*Moshi moshi, moshi moshi*
gomen nasai, gomen nasai.」
「キイちゃん、英語を話してごらん。
Hello hello, excuse me excuse me.」

人の声がして
話すのをやめる
「*Moshi moshi*
gomen nasai.」

敷居のところに立っているのは
上下とも固めのキモノをまとった
女性の絵姿。
その麦藁帽の縁は
青と白で染めた手拭で
しっかりと頭にゆわえつけられている
腰の脇には平たい
竹籠がバランスよくのり
日本の細いなすと巨大なきゅうりが
輻《や》のように互い違いに並び
真ん中に小さく丸いすいかがあって重たげ。

これこそ土地ならではの姿
現代の日本では滅多に見かけない。
走ってカメラを取ってきたいところだが
その絵が話しかけてくる
「*Gomen nasai isogashii toko…*」
私はアメリカ仕込みの日本語を駆使して

「*Iiye sonna koto ari masen*」
女性は私の足元に籠をおく
「*Dozo, kore Sensei ni...*」

私が不躾に笑いを浮かべたままなので
相手はためらい
口を固く閉じて上品にほほえむ
私は膝を屈して
「*Arigatoh gozai masu.*」
そして出来る限りのお辞儀をする
「*Arigatoh gozai masu.*」
贈り物を受け取ってもかまわない
縁者であることを急いで明かす。
「実は、アメリカから訪ねてきた
先生のいとこですの。」

柔らかく太鼓を打ちつけるような
いとこの声が

間へ落ちてくる。
「まあ
なんてきれい
Arigatoh
Shino-san
いつも
頂いて
ばかりいて。」
だが贈り主は私らの儀礼に
険しい一瞥をくれたかと思うと
立ち去っていた。

「*Yurushite yatte?*」
今は八月で
あの人は広島から来たから
「*Tondemo nai koto dakedo...*」
実はね……
あの人の家族がみんな……

私は手を振って止め、
事情が分かって言う
「*America demo…*」
多くの人が真珠湾を
私やあなたの
せいにする

いとこは大きく目を見開いて
「*Nani? America demo..?*」
子供の頃からの癖で
人さし指で
鼻に触れ、
「*Sonna koto watashiga..?*」
私がしたというの？
私は自分の鼻を軽くたたき
「*Hai, watashimo*」したと。

高みを走る新幹線は

何マイルもの青田を
ピューンと過ぎ去る
東京まで九時間。

山田ミツエ

オボン——死者の祭り

祭りの日、腕を振ってキモノの袖を
ぱたぱたさせながらおじさんが私たちの行列を
先導する。いとこたちと私は庭の花でいっぱいになった
真新しい香りのする木のバケツをピクニック籠のように
腕に下げて運ぶ。おじさんの今度のお嫁さんが両手に
ほうきと熊手を持ったまま、新しい木の *geta* をはいて
遅れがちな私を促して急がせる。

墓地ではおばさんのしっかりした監督の下に
みんなして家の墓石を拭き、草をむしって
地面を掃き清めていると、いとこのフミコが
耳許でささやく、あの人は私の本当の母親じゃない、私の
本当の *Okaasan* はここにいて、今日おうちに連れて帰るの。
自分が知っている唯一人のおばさんがゆっくりした動きで

墓に供えた花々を整えているのを眺めていると、
おじさんが奇妙な田舎訛りでどなった、「*Sorede*
yoka.」そして墓前にひざまずき、
先立った妻たち専用に使われるらしい
形式ばった言葉で語りかける、「*Omukae ni*
kimashita, sa-a sa-a ikimasho.」

背中で両手をカップの形に合わせて*Obasan*を家へ運ぶように
と言われる。もう九歳だから子供っぽい遊びは合わないと思うけど
それでも遊ぶ。ここで子供は私一人だ。
アメリカなら*Obasan*の名前は日曜日に
死んだ人のためのお祈りの間に読み上げられるけど、ここでは
かたかた音をたてて砂利道を村へ戻る時
その霊をなるだけバランスよくおんぶして運ぶ。

このうだるように暑い八月の日に、私たちは一日中*Obasan*を
王様のようにもてなす。おばさんはライバルの好物を
料理した。*udon*（澄んだスープに入った湯気のたつ

あつあつの麺）、*imo*（火のついた炭の上で焼いたさつまいも）、そして*omanju*（甘いだんご）。箸は供えられた食べ物の左側に置かれている。おじさんは「*wagamama na onna*」だったと言うけど、いとこのフミコは首を振り目をきらめかせてと言う。このことを心に留め、アメリカのうちへ帰ったら左ききの兄に言おうと思った、「信じられる？　日本にはやっぱり左手で箸を使った変わり者のおばさんが一人いたのよ。」

夕食後、大事にしまわれた*Obasan*の絹の*kimono*を薄紙から取り出す。私たち女の子は歌い舞う乙女に変身する。いとこのフミコは私たちに*Obasan*の好きだった歌と踊りを教える。特別の場所を設け、やはり好きだった遊びをして遊んだ。自分が負けると、いとこは死んだ母親そっくりにぐちっぽく言う、「*Kuyashii, kuyashii,*」おばさんと私、他所者同士が本当の*Obasan*を知るようになるこの日、*Obon,* 死者の祭りに。

夕暮れに私たちは *Obasan* を手作りの舟に乗せて浜へ
運び、やはり死者を連れた他の百人ほどの村人に
加わる。高い帽子をかぶり白い衣をまとった
僧侶たちは膝まで水に浸かって立ち、舟に
祝福を唱えている。休息の地へ戻る
長い旅路に備えて積みすぎた *omanju* の
重みのせいで *Obasan* の舟は傾いて水に
揺れている。おじさんがへさきの松明に
火を着け、なだめるように「*Ike, ike,*」と言いながら押し出す。
とがったへさきは水を切り進み、
灯りの群れに合流して外海へ赴く。

いとこたちは叫ぶ、「*Sayonara Okaasan mata rainen*
ni neh.」おばさんはハンカチを目に押し当てて
言う、「*Anta shiawase da neh.*」私は
わけが分からずにうなずく。音なく

潮に揺れ往く何千もの花火で
空は燃え渡っている。[1]

1　ここで作者は Roman candle という種類の花火をイメージし、沖へ向かう多くの小舟に灯った松明を音のない花火に喩えている。

山田ミツエ

スピーカーを通して鳴り渡る声は、日本語的な発音で *tone-neru*（トンネル）へ差し掛かるところだと言っているらしい。その矢継ぎ早の日本語は切れ切れにだけ理解できた。瞬時に新幹線はビューッという大きな音をたててトンネルの中へ突入し、車内の明りが点滅した。

「これは……で最長の海面下トンネルです。」

エミコはその場所の箇所がよく聞き取れなかった。日本でだろうか、それとも東洋で、世界で？地図をもっとよく見てみた。もう本州島を過ぎて今は九州につながるトンネルの中にいるのにちがいない。走行距離を見て驚いた。東京から九州島の北の玄関口である福岡まで七三一マイル。アナウンスは息つぐ間もなく続いていた。「*tone-neru* … 偉業 … *tone-neru* … 奇蹟 … *tone-neru* … 誇るべき瞬間 … *tone-neru* … *tone-neru* …」最後の乗り合い「仲間」となった行儀よい二人の女生徒がついさっきの駅で降りたとき、エミコは英語の旅行ガイドを取り出した。会話を始める手だてとしてもっと早く取り出すべきだったのだろう。そうすれば女生徒が日本語でぺちゃくちゃ話している間三番目の席に据え付けられた透明物であるかのようにさほど感じなくてもよかったかもしれない。だが、本国育ちの日本人として通して、素性を明らかにしたくなかったことを思い出した。つまるところ、両方で通すわけにはいかないのだ。

エミコは地図をしまい、海面下の *tone-neru* にいることをもう忘れて窓の外を見た。色とりどりの *futon* がテラスの手すりに並んで掛かる、コピーしたようなアパートの群れや風景に点在する日本語で書かれた広告板の代わりに、暗いガラスに自分の姿が映っている。子供らが言いそうなことだが、この年齢の女にしては実に「もちがよく」見えた。こめかみのあたりのグレーがあまり目立たぬよう髪を短く切っていた。袖なしの白いニット・ドレスは六時間も休みなく席でもぞもぞしていたわりにはしわがつかずにいた。その服を選んで良かった。アメリカ女性がカリフォルニアで着るような派手なプリント地の夏服を中年の日本女性は身にまとわないと母が言ったため、出発の二、三日前に無地の白か淡い白地の服を何枚か急いで買ったが、そのうちの一着だった。

それに一人で旅したりもしない、とエミコは思い、誰が九州まで付き添っていくかと男のいとこたちが東京で随分相談していたのを思い出した。アメリカではいつも一人で旅行して歩いているのだと嘘をついて、彼女は自分の意見を通した。死んだ父のために福岡の叔母に会いに行くのだという説明が納得のいくものだったのならいいのだが。父の死後彼女の家族は父方の親戚と連絡を取っていなかったのだから、彼女が本当に一人で行くべきなのだ。押し付けがましくなるのを避けて、結局いとこたちは同意し穏やかにその主張を取り下げてくれた。母方の親戚と過ごした東京での一週間は新しい環境に馴染むのにちょうどよかった。みんなして親近感を分かち合った。年老いた者たちは彼女が以前訪問したときのことを思い出し、若い者たちは彼女の古びた日本語表現を聞いて上品にくすくす笑ったが、彼女が強く要請したので現代風に改めてくれた。彼女の言葉遣いは *Meiji jidai*, 母の世代のものなのだそうだ。例えば、*otearai* はどこかと聞くのはいい。その文字通りの意味は「手を洗う所」だが、*toire* でもかまわない。しかし、品のない *benjo* は絶対に使ってはいけない。それから、通りにいる親切な制服姿の警官を *junsa* と呼んではいけない。新しい言葉は「歩き回っている人」という意味の *omawarisan* で、*junsa* は犯罪者を取り扱う警察官だけに用いられる。

真っすぐな背もたれの車席にきちんと座って窓に映っているこの姿は母とも見えるとエミコは思った。白いニット・ドレスをまとったこの女性のように実際冷静沈着であればいいのだが。本当に一人だけになってしまうと、東京のいとこたちが一緒なら捜索の手助けをしてくれたのにと弱気になった。

つい二週間前にはこの旅行がかなり違ったもの、エミコとユキオの自らの銀婚式プレゼントになるはずだったと誰が考えるだろう。仕事上の急用のため今回出かけるわけにはいかなくなったと出発予定の一〇日前に夫が言ったとき、彼女がとっさに感じたのは怒りだった。旅行を全部取り止めようと思った。

その場を取り繕ろおうとして、「お母さんを連れていったらいいじゃないか」とユキオは提案した。

そういった手もあるか。彼女の母は「戦争」が終わってから自分の家族を訪ねに日本へ戻っていないのだった。しかし、ただで行ける旅行に喜んで飛び乗るかと思ったら母が躊躇したのでエミコは大いに驚いた。だめ、行けない、やらなくちゃいけないことが多すぎる。次の週末に教会であるお祭りの食べ物係りになっている。

それならいっそ初めて一人旅をしてみようか、とエミコは考えた。それまでどこかへ長旅をするときは必ず親か、兄か、夫、子供たちと出かけたのだった。

そう心を決めた翌朝、母がコーヒーを飲みに立ち寄り、わが感慨を手渡してよこさんばかりに自分の子供時代について懐かしげに語った。

「これはおまえの *satokaeri* だよ、エミコ。」

「でも、あたしよりお母さんの故郷へ帰ると言ったほうが適切ね。一緒に行く気にまだならない?」とエミコはもう一押ししてみた。

母は抑揚なく言った、「だめ、行けない。少なくても *Otama-san* があっちで生きてるかぎりは。」

「誰ですって?」

「*Ano onna,*」息を潜めた答えだった。

Ano onna? あの女! そうだったのか。エミコはひどく驚いた。一時期 *ano onna* としてだけ知っていた人物について最後に考えてみたのはいつのことであったろうか。女に名前があったかもしれないということさえ考えつかなかった。子供の頃、*ano onna* は夜の暗がりの中閉じたドアを通してエミコのもとへやってきた。子供たちが寝静まったと思ってからだけ夜両親は自分たちの寝室で抑えた声で口論した。他のどんなことについて言い争ったのかエミコは知らなかったが、*ano onna* という言葉だけはささやきの合間に父母の部屋から彼女の寝室へ壁を通って鋭く入り込んできたのだった。

「日本へ行ってる間に探し出してみるといいよ」と母は自分でも確信が持てないふうに言った。

「何でまた?」エミコは英語で叫んだ。抑制がきかず感情がほとばしり出るときにいつでもそうなるのだった。すっかり当惑していた。

「小さい頃からずっと妹を欲しがっていただろう。覚えてる?」

「うん、もちろん。だからどうなの?」エミコは漠然とした不安を感じ始めていた。

母は膝の上できつく組んだ手を見つめて言った。「*Moshika shitara,* おまえは日本に妹がいるかもしれない。」

「*Moshika shitara* ってどういうこと? 妹がいる〈かもしれない〉って何なの?」

改まった尋問を受けているかのようにエミコの母は椅子に真っすぐ背を立てて座っていた。恐らくこの瞬間のことをある程度の期間考え続け、娘が受けるショックに対し心積りをしてきたのだろう。このような状況下は別として、母が持つこの威厳と外面上の落ち着きをエミコは通常感嘆の念を持って尊敬していた。肘をキッチン・テーブルにつけて空になったコーヒー・カップをいじりながら二人は座っていた。どこか遠くで犬が吠えた。近くの空港からの飛行機が頭上で轟音をたてた。家の脇を苛立たしげに車がスピードを出して過ぎ去った。あの女を子供のときたった一度数秒間だけ見たことがあるのをエミコは思い出した。その姿は消すことができないほど心の中に刻みこまれていた。

それはいつもと変わらぬ土曜日の午後だった。エミコの母はシアトル中心部の日本人地区で *Furoba* という共同浴場を経営している友達の野村夫人をよく訪ねた。エミコと兄のテルオ[1]はそれぞれ五歳と六歳だったに違いない。父は近くの日本レストランである定例のクラブ会合へ車で行く道すがらいつも彼らを降ろし、後で拾って帰るのが習わしだった。その午後はいつもと違って父が迎えに来るのが遅れていたので、子供らが落ち着かなくなっていることでもあり、タクシーに乗って帰ることにすると母は野村夫人に言った。エミコとテルオはこの新奇なもてなしに興奮してタクシーの後部座席によじ登り、膝をついて背伸びし後ろの窓から外を見た。車は町の中心を抜けて橋を渡った。家は湾を見下ろす古い家屋の一つだった。家の二、三手前の通りまで来たとき、子供たちは父の車が後ろに見えたと思い、声を合わせて叫んだ、「パパだ！」

パパの車は赤いホイールのついた空色のビュイックで、子供の目でも数ブロック先から容易に識別できた。母が「*suroppu, suroppu*」と幾度も言ってから漸く運転手は彼女が車を止めるようにと言っているのが分かった。タクシーが道路脇に寄ると青いビュイックは追いついた。子供は二人とも窓から身を乗り出して叫んだ、「パパ、パパ！」

エミコは母の場所であるはずの助手席に座っているその人をちらっとしか見なかった。女は手を挙げ、手を振るかと思ったら代わりに黒い帽子を顔の上へ引き下げて視界から消え去った。車が追い越していくわずか数秒間のことだが、まぶしく赤い口紅を塗った口が小さく丸い「O」という形を作り、べったりと白い化粧をした女の顔が際立っていたので、忘れることはなかった。母はすぐさま車道側へタクシーから出て、去っていくパパの車を追って走っていかんばかりだった。子供らは道の真ん中でその後ろに立っていた。母はすぐに落ち着きを取り戻し、運転手に料金を払って道の真ん中を家へ向かって歩き始めた。母が何を身につけていたか確かには思い出せないが、三〇年代に流行《はや》った洋服をまとうその均整のとれた姿は、幾度も家族アルバムの中に記録されたので、跳ね回る二人の子供を従え通りで行列を先導するその日の母が、どんな格好をしていたか思い描くことはできた。子供らは気ままな気持ちだった。いつもは規則や法規にやかましい母が自ら課した安全ルールの一つを破ることをおおっぴらに許したからだ。帰り着いたとき父の車は家の前に止まっていなかったが、黙っていたほうがいいのは子供たちにも分かった。

その夜遅く、エミコはいつもと違って甲高い母の声で目が覚めた。何か言うごとに *ano onna* という言葉が端々に聞こえた。父の車に乗っていた人の白い顔がその言葉と心の中で重なった。


ゆっくりと、日本語で、途切れ途切れの不完全な英語を交えながら、母は語った。パパが二〇年前に死んだとき、寝室の納戸にあった彼専用の金庫を専門職人に頼んで開けてもらった。その金庫の中に何をしまっていたかなどそれまでの長年の間あまり考えてみもしなかった。ただ、妻が係らなくてもよい *daiji na mono,* 重要な書類が入っているのだろうと推測していた。金庫を開ける組み合わせ番号は知らなかったし、聞いてみたいとも思わなかった。金庫がついに開けられると、中には手紙が入っていた。他に何もなかった。一二年以上も前の日付がある日本からの手紙で、いくつかの小さい束に分かれて白い綿糸できちんと慎重に束ねてあった。そのうちの二、三通は子供の拙い *katakana* 書きで、一、二行足らずの短い手紙だった。

エミコの母は目を閉じ、記憶を手繰ってそのうちの一通を読み上げているようだった。

「*Onatsukashii Oto-o sama,* オカネヲアリガトウゴザイマス。*Okaa-san* トワタシハゲンキデス。アイコ。」

その他の手紙は女の草書体で書かれ、教育を受けた者の筆跡だったと言う。何通か読もうと試みたが、心が乱れて文字がよく見えなかった。テーブルに載せた両手で手紙の束の厚さをエミコに示す。

「*Akirete shimatta.* こんなにたくさんあったんだから。気をつけて縛って束になった手紙がよ。その下には英語で書かれた何かの *shorui* があったわ。」

「お母さん、その手紙と書類は今どこにあるの？」聞き取りが困難で近くに寄る必要があるかのようにエミコはテーブルの半ばへ思わず身を乗り出していた。

「*Sorega neh,*」と母は深いため息をついて言った。「*Ai-chan ni taishite tondemonai kotoshita.*」

「だから、お母さん、手紙は今どこにあるの？」

「*Neh, Do-o shimasho,* エミコ。とても悪いことをしてしまった。」母は冷静に話を進めていたのだが、ここにきて続けることができなくなった。想像上の手紙の束を手に持ち、床へ投げる動作をした。

「暖炉へ投げ入れた。みんな……」母は「焼いてしまった」という言葉が言い出せない。二人とも床のその部分をじっと見つめた、手紙が暖炉の中でゆっくり燃えるのを共に眺めているかのように。

エミコがその重苦しい沈黙を破った。

「でも、手紙の下にあった書類は？　せめてそれだけでも取っておいた？」

「手紙を書いたとき、*Ai-chan* は七つぐらいだったと思う。父さんが死んだときは一九か二〇歳くらいかな。」

いや、取っておかなかったのだとエミコは判断した。母は愛子[2]を *Ai-chan* という愛称で呼んでいる。子を「失った」母親のように、ある時点からその子が人生の一部となり、歳月を通してその子の年齢の歩みを辿ってきたのであろうか。

「*Sumanai kotoshita,* エミコ、でも手紙を見つけたのはパパが亡くなってからたった二日目だったんだよ。」

Sumanai kotoshita, tondemonai kotoshita. 何年もの間これらの言葉で母が幾度も自分を責め続けてきたのは明らかだった。でもパパは？ どう考えていたのだろう？ エミコは父と娘の間で真剣に話し合ったのを思い出した。父が死ぬ前の最後の二、三年間親子の間柄は近いものになっていた。自分がユキオと結婚してからエミコは以前にも増して両親の間の軋轢に敏感になり、自ら両親の結婚カウンセラーを任じていた。父は英語が達者なので話しやすかった。

「仲直りしてみる必要があるんじゃないかしら」とエミコは何度か言った。「そのうち食事にでも連れていってあげたら。」

父の「出来事」を二人は一般的な事柄としてだけ話し合った。母がなぜそれだけないがしろにされたと感じているのか、父には理解できなかった。母が大方の一世の妻たちに比べてどれだけ恵まれているか考えてみるがいいと父は言うのだった。素敵な家やきれいな服。自分は一度や二度過ちを犯したかもしれないが、それは大抵の日本人の男にはよくあることだ。そして、娘を笑わせようとして両手でおどけた仕草をし、こう言うのだった。「分かんないかな、エミコ。日本では当り前の習慣みたいなもんなんだ。」

「エミコ、分かってくれるだろう」と母は懇願する。「どうしてあたしがそうしたのか。次の日弁護士が来てパパの書類を調べていくことになっていたけど、その手紙を見つけてほしくはなかったの。」

「結局」とパパは言ったのだった。「俺がしたことは許しがたいというほどのことじゃなかったんだが、おまえの母さんは許すということを知らない人だ。」

「頼むから分かっておくれ」と母は続ける。「あたしは恥ずかしかったんだよ。あの人や、おまえや、テルオのことを思うと。」

ある時にまたその「話題」を話し合っていたとき、パパはどうしようもないといった顔つきでエミコを見て叫んだ。「やれやれ、男は一体いつまで償わなきゃいけないんだ?」

結婚カウンセラーとしての失敗を誰かに打ち明ける必要に駆られ、エミコはテルオに電話をかけた。「パパったら子供みたいなのよ。償ってるのは自分だと実際考えてるんだから。」

「エミコ、今ではおまえも自分の亭主と子供がいるんだから、あたしがどう感じたか本当に分かってくれるだろう?」と母は言っている。

エミコは記憶の中にあるパパを思い浮かべた。よく知っていると思っていた、派手好みで愛すべきパパ。彼女からそういう「カウンセリング」を受けていたまさにその年月、父は愛子及びその母親と手紙をやり取りし、彼女らのために計画を立てていたことになる。

母は本番に備えて言うべきことを二〇年間練習してきたが、エミコはまだ頭の中で情報を整理していた。愛子! 自分には一〇歳と違わない妹がいるのだ。書類は誕生証明書だったろうか。合衆国入国のための申請書だったかもしれない。それとも大学入学願書か。愛子。彼女のどんな希望と夢が二〇年前父の死と共に消え去ったのだろう。今どこにいるのだろう。

エミコはテーブルを回って母の側へ行き、優しく肩に手を置いて聞いた。「お母さん、パパが死んだのをせめて教えてあげた？」

母は苦しそうに娘を見て首を振った。

「とてもそんなこと。住所が分からなかったし。」

「その後手紙は来なかったの？」

「そう。間に人がいたのに違いない、親しい友達か誰か。」

エミコは父の親友の名前を心に浮かべ、そのうち二人がまだ健在であることを思い出したが、彼らと連絡を取る考えは捨てた。

「パパの書類の中に住所が書いてある申請書の写しがまだあるかもしれない。いくらかでも書類は取っておかなかったの？」

母は首を振り続けた。いや、あの人はとても注意深い人だった。いい事業家だった。大事な事柄については整理が行き届いていた。自分がしてしまったことに気付いたとき、母は自分の友達の幾人かにその女について何か知っているか、葬式の二、三か月後尋ねてみたという。友人たちは噂話はあっても確かな情報は何も知らなかったのを思い出し、母は顔をしかめた。

「手紙にはただ『玉恵』[3]とだけ署名があった。そう、あたしはあの女を確かに知ってた。」

何年もの間自分に拒んでいた何かを認める必要に駆られたように母は繰り返した。「あの女と父さんについて知ってた。あの女がシアトルのレストランで働いてたとき知ってたの。でも日本へ帰ったって戦争の一年くらい前に聞いて、それでおしまいだと思ってた。」

「お母さん、福岡にいるパパの妹は知ってると思う？」

「あたしは手紙のどれも読まなかった。気が動転してたから。でも筆跡は完璧だった。レストランのウェイトレスにすぎなかったけど、字を見ただけでとても良い教育を受けた人だというのは分かった。父さんは長年あの女からの手紙を保存してたんだよ。」

福岡の *Obasan.* 生き存《なが》らえているパパ方のただ一人の身内。

「あの女は運が良かった」と母が言っている。「とても運が良かった。」


新幹線は突然轟音を立ててトンネルから出たところだった。窓からの急激な光の氾濫にエミコは思わず目を閉じた。さあ着いた、九州の島に。窓から見える風景は次第に緑と広がりを増していくようだったが、数え切れない窓がついたアパートの建物がそれでもいたるところにあった。

Satokaeri. 八歳の時に初めて日本へ来てからちょうど四〇年が経っていた。彼女とテルオは母について東京の母の大家族を訪ねにきたのだった。それは以前あったメキシコやカナダへの家族旅行と変わりがないとその時は思っていたが、今考えてみると父が一緒に来られなかったという点は別だった。（仕事の都合でと言っていたが、その二、三か月後には年老いた両親に会うために一人で日本へ行った。）旅行中は見知らぬ土地にいる外国からの観光客のようにエミコは感じたし振るまいもしたが、初めての場所への他の休暇旅行とは異なり日本へ一度行くと何かしら心に残るものがあることに後で気づいた。

まるで触れることができるものであるかのように、両親から受け継がれた家宝のように、彼女の「文化的遺産」を日系以外のアメリカ人がなぜあれほどしばしば口にするのか、アメリカに帰って来てから分かった気がした。その遺産を拒絶したいとき都合がいいのでこの考えを受け入れることがあった。なぜなら具体的な「物」は抽象的な思考より拒絶しやすいからだ。一方、彼女の遺産はどこか「海の向こう」に漠としてあるものだと両親はよく主張していたが、その考えをよく吟味してみたことはなかった。何であろうと以前逸したものを今回は求めて自分のものとしなければならないのかもしれない。サトカエリ。現代的な東京はあまりにもアメリカにいるのと変わるところがない。福岡の農村地帯は彼女が帰還することになると母が言った原点により近いのであろう。

福岡市の中にある博多は新幹線の終着だった。車内から出たとき、エミコが最初に見たのは白い制服をまとい、白い布で頭をおおい、プラットフォームに立っているのが目立つ六人の女性の一隊だった。各々がプラスチックのバケツと箒を持っている。四、五〇代の働く婦人たちのその姿がとても珍しかったので、一瞬気を取られた。自活している独身女性たちなのか、それとも働きに出ている妻たちなのであろうか。話しかけたら失礼だと思うだろうか。そう言えば、東京では立ち止まって写真を取る許可をもらおうとして、歩道に座って靴を磨いているより年配の女性にきまりの悪い思いをさせてしまっていた。

「*Doshite, konna mitomonai hitono...?*」とその女性は言った。

一緒にいたいとこは彼女の袖を引いた。

「恥ずかしかったな」とその晩夕食の席で彼は笑いながら自分の家族に言った。そして、エミコを

Americano onna と呼びながら続けた。「このアメリカの女が次に何をしでかすか分かったもんじゃないよ。」その呼び方を聞いて彼女は身震いした。いとこはその出来事を忘れず、駅まで見送りにきてくれたとき福岡で自分を「見世物にする」ことがないようにと釘をさしたのだった。駅の清掃係の女性たちには話しかけないことにした。

駅の前に止まっているタクシーの一台に乗り込み、中心地区にあるホテルを紹介してくれないかと運転手に頼んだとき、彼女は孤独でわが身を守るすべがないように感じた。運転手が紹介してくれたこじんまりしたホテルのささやかな部屋にはスナックやソーダ、ワインの入った小型冷蔵庫が備え付けられていた。小さな和式の風呂桶があるのを見て喜び、長く電車に乗った後で心底熱い風呂に入り焦がれているのを感じた。

翌朝エミコはホテルの部屋から叔母に電話をかけた。

「ごめんなさい、*Emi-chan,* 迎えに行けないの。タクシーで来てくれない？ 家を見つけるのは問題ないはずよ。同じ所に住んでるから。」電話を切りホッとしてくすくす笑った。*Obasan* にとっては、エミコが父方の祖父母と一人で一週間過ごしたのは四〇年前の夏ではなくてつい去年のことなのかもしれない。母とテルオが東京へ戻ったのになぜ一人彼女がそこに残されたのか誰もちゃんと説明してくれなかったが、自分は父の不在に対する罪滅ぼしとして祖父母に「貸し付けられた」のだという気がした。

タクシーの運転手は風雨に耐えた二本の石柱の前に車を止めた。両側とも高い常緑樹の生け垣が続く狭い径《みち》は見て思い出した。古びた家の前に立つと、覚えていたよりずっと小さく今ではいくらか修繕が必要なくらいに見えたので、エミコは躊躇した。ドアをノックしようか、それとも日本映画で見たように中に入ってから訪いを入れるべきだろうか。中では待ってくれているのだから、さっさと入ってしまったほうが少しでも親しみを示せるように思えた。横に滑る戸を開け声を上げた、「*Konnichiwa.*」

涼しげな夏の *yukata* をきちんと身にまとった年老いた女性がすぐに現われ、心からの喜びを顕わにして言った。「*Ma-a, Emi-chan!* 本当に来てくれたの？ ずいぶん待ったのよ。全然変わってないね。」

「変わってないのは *Obasan* の方よ！」エミコは笑った。

叔母は父の一六歳年下だった。エミコはすばやく計算した。じき七〇歳の日本の女として叔母は本当にとても若く見えた。叔母はもっとよいもてなしができないことを長く詫びた。エミコは九州にどれくらいいることになるのか。ここにいる間何をする予定か。どこに行ってみたいか。エミコはチャンスだと思った。

「*Jitsuwa,*」と慎重に切り出したが、すぐに核心に入ってしまった。「パパの昔の友達で玉恵さんという人を探しているんです。姓は覚えていませんが。」

「*Oh, soh.* でもお父さんが死んでもう二〇年にもなる。どうしてその人を見つけ出したいの？」

「大事なわけがあるんです。」

Obasan は考え深げに頷いて何も言わなかった。それから急に失礼と言って部屋を出ていった。母から話を聞いて以来初めてエミコは希望を感じた。戻ってきたとき叔母は紫の絹糸で結ばれた靴箱

ほどの木箱を持っていた。箱は郵便局で買えるような、スタンプが予《あらかじ》め印刷された封筒でいっぱいだった。

「あんたのお父さんこんなきれいな手紙を書いてよこしたの、知ってるわよね、*Emi-chan.* この中に別府の加藤玉恵さん宛の封筒があったんだけど。」叔母は封筒をかき分けて、ワシントン州シアトル市、一九四一年九月一五日午前一一時三〇分の消印があるものをエミコに手渡した。父の筆跡を認めて心臓がドキドキする。中には日本語で名前と住所の書かれた、幅の狭い日本製の茶色い封筒が入っていた。

「*Emi-chan,* この人があんたが探してる人なの？」

「そう思います。」

「覚えてるかな、あんたが夏来てすぐ二、三か月後、お父さんが秋に日本へ来たのを」と叔母は聞いた。そうだ、エミコは父と叔母が二人の両親と撮った珍しい写真を二、三枚見たことがあるのを思い出した。刺し子縫いのキモノを着てみな誇らしげにポーズを取り、背後には温泉から湧き上がる白い湯気が見えた。そう、その時のことだよ、と叔母は言う。事実、勉強するためにアメリカへ渡って以来父が会いに帰ってきたのは長い年月の間でその時だけだった。

「ああ、あんたのお父さんはとても颯爽としていた。おじいちゃんとおばあちゃんはとても喜んでね。あの人はみんなを別府のリゾート・ホテルへ一週間招待するんだと言った。考えてもごらん。」話しているうちに叔母の目は輝いた。

「日中はみんなそれぞれ好きな所へ行って、熱い泥風呂に入ったり、按摩さんにもんでもらったり、買物したり、だってほら、あたしは買物が大好きだったから。でも夕方になるといつも宿に集まって一緒にご飯を食べた。ただ、お父さんが戻ってこない夜が二、三度あったけど、昔の学校友達に出くわして夜を明かして話し込んできたと説明してた。その不思議な振るまいについては特に考えてもみなかったんだよ、一年後にその手紙が来るまではね」と言って、エミコの手にある茶色の封筒を指差した。

「別府にいる友人にその手紙を届けてほしい、直《じか》に、と頼んでよこしたの。その人からの音信が数ヵ月途絶えてずいぶん心配したらしい。」

封筒を裏返してみるとほんの端の方で封じられていた。

「どうしていいかわからなくてね」と *Obasan* は話し続け、心臓のあたりを小刻みに叩いた。「恐かった。どこに行っても戦争の話ばっかりだったし、別府はここからあんまり遠くないんだけど、どこへ行くにも不自由だった。家族に理由も告げずに出かけられるわけはなかったんだよ。」

「寄こした手紙の中で何か説明になること言ってなかった?」

「それがいかにもあんたのお父さんらしくてね、何にも教えてくれなかった。ご覧の通り、手紙は届けなかった。それからはずっと他の手紙と一緒にこの箱の中に入れっぱなしでね。戦争が終わったとき、またそれを持ち出す理由は見当たらなかったし。それでお父さんはその人を見つけたの?」

「この時間に別府へ行く電車はあると思います?」エミコは出し抜けに言って腕時計を見た。叔母は息が止まったかのように「*Masaka...*! その人がまだそこにいるって本気で考えてるの? 別府に? そんなに大事なことなの、あんたの用というのは?」それから叔母は一切質問せず、次の間へ行ってほどなく戻り、一時間以内に別府へ向かう電車が実際あって暗くなる前に別府市に着くはずだと教えてくれた。

「あんたはついてるよ」と母そっくりの口調で叔母は言った。「宿の一つに空いた部屋があったから予約しといてあげたよ。*Sa-a,* 外へ行きましょ、タクシーがすぐに来るから。」

Obasan はエミコが *tatami* の上に置き忘れた茶色の封筒を拾い上げて姪に手渡した。叔母は四〇年経った今それを届けてもらいたいのだろうか。それとも単に住所のためだろうか。

エミコは叔母と複雑な事柄を日本語で話し合う気にはなれなかった。叔母の思慮の深さが有難かった。それは「とても日本人的だ」と彼女がみなしていた性格的特徴で、両親やその友人らの場合には無関心のように思えたから彼女を苛立たせたのだったが。詮索せずもの静かに能率よく別府への道を開いてくれたこの女性にエミコは深い愛情を覚えた。今回の旅に乗り出してから初めていくらかでもくつろいで追い立てられていない気がする。

次の朝、ノックの音で目が覚めた。ベッドから跳び起きドアへ向かおうとしたが、今はホテルの部屋にいて、ノックだと思ったのは大粒の雨が小さい窓ガラスを打っている音だと気づいた。手早く身支度を済ませ、階下のロビーへ降りてタクシーをつかまえた。ホテルの前にはタクシーが一台しかなく、それは民間の観光会社が観光案内に使う小型車だった。

乗っている間中運転手は絶え間なく話し続け、外のどしゃ降りは忘れたかのように習慣となったらしい観光案内を陽気に一通りしてくれた。視界はほとんどなかったが、*migino ho-o* と *hidarino ho-o* という表現を話の中にちりばめて左右を差し示し、時々は後ろを振り向いて彼女が聞いているか確かめた。雨が激しく窓を打ちつける合間に、父とその両親の古い写真で見たような湯気が幾筋か地面から湧き上がっているのを見たような気がした。エミコは思った、突然の夏の豪雨、タクシーではないタクシー、それになによりこのおかしな運転手、もし母がここにいたらこれら全部を悪い前ぶれだと考えるだろう。現実から遊離している人たちに会うと母の秩序立った思考は乱れ、彼女はそのような人たちを悪運の前兆とみなすのだった。

運転手が話すのを止めたとき、車の中が急に静かになったのでエミコはびっくりして考えを中断した。一軒の家の入り口前で車は止まっており、豪雨はしとしと降る霧雨になっていた。心の中で思い描いていたどれも、目の前に建つこの美しい現代建築にはあてはまらなかった。ドアを開けてくれている運転手にお金を払いながら「確かにここに間違いないの」と口にはせずにエミコは疑問を抱いた。運転手は礼を述べて言った、「*Tashikani machigai arimasen.*」

この人は変わっているだけではなく私が英語で考えている心の中さえ読むことができると思った。

箒を持った若い女の子が家の横に並んでいる踏み石を元気よく掃いていた。女の子は手を休めてまじまじとエミコを見つめ、エミコはその目に引き付けられてまっすぐに近寄った。深く息をつく。空気中の高い湿度と服がべたつく不快感を意識していた。いや、この子は愛子ではありえないと思う。愛子なら今少なくとも四〇歳のはずだ。

「失礼致します、お邪魔して申し訳ございません、加藤玉恵さんとおっしゃるお名前の方を尋ねて参ったのですが」とかなりぎこちなく話しかけたが、自分のような中年女性がそんなふうに堅苦しく若者に話すのはとてもおかしく聞こえたのに違いない。女の子はちょっと驚いたようだったが、はにかんだ微笑みを浮かべながらどうぞ中へお入り下さいと応対してくれたので、エミコは安心した。

玄関口の中には骨組みの錆びついた古い乳母車があった。非のつけどころがなく整った玄関にあってそれは場違いなものに見え、周囲に超現実的な感じを醸し出していた。エミコは居間へ案内された。真新しい畳表と加工されたばかりの木の香りが空気中の湿気で強められていた。だが正しい場所へ来たのかまだ心もとない。「加藤さんはここにお住まいですか」と聞くと、少女は「ちょっとお待ち下さい」と言っただけで奥の部屋へ引っ込んでしまった。どう考えてもこれが三〇年以上前にあの多くの手紙が発信された家とは思えない。新しすぎる。これがべったり白く化粧をした *ano onna, Otama-san* の家でありえようか。広い部屋の中では床の間にある大胆な筆遣いの長い掛軸が目を引いた。その下には小さくてほっそりした空の花瓶が控え目に置かれていた。

次の間で囁きと何か引きずる音が聞こえる。襖が開くと、女の子が腕に大きなクッションを抱えて立っていた。手と膝を床についた老女がその後ろに縮こまっているように見えた。女の子はクッションを *tatami* の床に敷き、老女がその上に座るのを助け、一言も言わずに部屋を出ていった。エミコは言うべき言葉を探した。応答するのではなく、頭の中で新しい表現をひねり出している間にオウム返しできる口に慣れた言葉がない時、日本語での会話を自分から始めるのはいつも困難であった。

「*Kato-san desuka?*」と切り出してみた。老女は頷いた。

エミコは自己紹介をし、率直に話すことにした。「何十年も経ってから突然お邪魔して申し訳ありません。でも、私はあなたと愛子さんについてつい最近知って、お会いしたくなったんです。」言葉は驚くほど容易に出てきた。

話を聞きながら老女はうつむいた頭を上げ下げした。それから、初めて会った日本人同士が普通交わす儀礼の前置きを省き、歌うような澄んだ声で言った。「*Zannen nagara, Ai-chan* はもういません。ちょうど一一年前の先月亡くなりました。」

加藤さんは声に悲しみや恨みのあともなく簡潔に淡々と話した。エミコは自分が麻痺したように感じたが驚きはしなかった。その瞬間まで愛子を見い出したらどうするか考えていなかったのだ。姉妹はお互いに何を言っただろう。自分はどんな提案をしたことだろう。

「死んだとき三〇にまだ手が届いていませんでした」と老女は続けた。「あなたのお父さんが亡くなってすぐ私は背中に患いができて一年以上寝たきりとなりました。愛ちゃんは温泉で働きながら私の面倒を見てくれました。毎日自転車のリヤカー[4]に乗せて温泉での治療に連れてってくれました。私が自分の世話ができるくらいよくなったとき、あの子は仕事を探して東京へ行きました。あちらではうまくいってとても幸せなようでしたが、急な病で死んだそうです。」

それは感情を抑えて美しく演出された劇の朗読のようだった。エミコは座って話の続きを待ったが、小柄でか弱い老女は話はおしまいとばかりに立ち上がる動作をして静かに言った。「*Otera ni iki masho ka?*」

「*Hai,*」と進んでエミコは同意した。加藤さんともっと時間を過ごす必要を感じたからだが、それ以上に、老女は愛子の仏壇を訪れようと示唆しているのだと思った。それはまさに適切なことに思えた。はるばるここまで来たのだ。少なくともお墓参りをしていくべきだ。

呼ばれたかのように少女がドアのところに現われ、身を屈めて加藤さんが立ち上がるのを手伝った。初めて気がついたが、老女は身体にひどい障害があり真直ぐ立てないのだった。日本のおとぎ話の中の挿絵で見たことのある、腰が曲がって杖に寄りかかった老婆を思い出す。玄関まで行った時、女の子が言った。「ちょっと待ってて、今*geta*を持ってくる。外はとても濡れてるから。」

加藤さんは手を伸ばして乳母車のハンドルをつかみ、女の子の腕を放した。

「あの子は後ろにある私の家、というか私の親の家から持ってくるんです。甥の娘です。あの子のおかげで大助かりです。」

女の子は*geta*を持って戻ってきて、加藤さんが履くのを手伝い、失礼しますと言って去っていった。表道へ出てから振り返ってみると、着いた時女の子が掃いていた飛び石は小さな家へ続いているのが分かった。それは前庭だったと思われる所に建っている新しい方の家に大きさで完全に圧倒されていた。あそこが愛子が手紙を書き、束になるほどの手紙が送り出された所だと思った。

加藤さんが乳母車を押して先導した。金属の骨組みはひどく錆びついていたが、車輪はまだしっかりしていて歩行補助に十分役立ち、雨上がりの多少ぬかるんだ道でも空回りしなかった。右手でハンドルをしっかりつかみ、左手はゆったりと背中に載せて、ゆっくり歩いた。首を伸ばして急に後ろを向き、逆さまになったような角度で左の肩越しにエミコを見た。あたりさわりのない会話を続け、ときには立ち止まって、表を掃いている隣人と挨拶を交わした。

「アメリカから戻ってきた後ここに帰って両親と暮らしていたんです。私はとても恵まれてます。

甥と甥の家族がよく面倒を見てくれますから。」彼女は立ち止まって息をついた。「あなたの *Okaa-san,* お元気ですか。」

「はい、お陰様で達者にしています。」

「ご迷惑をかけるつもりは少しもなかったんです」と加藤さんは言った。「レストランで働いたアメリカでの生活はとても辛いものでした。お父さんは反対しましたが、私は帰ってきました。」そしてまた立ち止まった。今ここで話す必要はないのだとエミコは言いかけたが、同時にもっと聞きたい心が抑えられなかった。

「あの人があなたのご家族より私たちのことを気にかけてくれたとは言えません。ただ、戦争が終わった後でお父さんからのお金、食べ物と服が入った小包みが届かなかったら、私たちはみんな飢え死にしていたことは確かです。愛子はアメリカとの戦争が始まるほんの二、三か月前に生まれました。」

その時には、加藤さんの話を聞くのにエミコも腰を折って顔と顔を並べていた。自分が歩きながら頭を上下に振り、憐れみを求めないこの女性に *sumimasen deshita, sumimasen deshita* と繰り返し言っているのに気づいた。その姿勢に気づいて、謝っているというわけではないのだと自らに言い聞かせた。それほどの苦しみがあったことに心から悲しく気の毒に思ったのだ。[5]

「私たちはとても運が良かったんです」と加藤さんが言っている。「あなたのお父さんは想像できるかぎり最も困難なときに私たちを援助し続けてくれました。女は普通、結婚した男の愛人になって子供まで生んだら家族の恥となるんです。でも愛子はみんなに恵みをもたらしました。お父さんのおかげで、両親、兄弟とその家族が助かったのです。」加藤さんは歩きながら話すのが大儀になってきていた。二人は立ち止まって休んだが、もう寺の門のところまで来ていた。

履物を脱いで入り口の小さな箱に入れた後ベンチに座って休んだ。車輪に泥が付いた「歩行補助器」はそこに置いていかなければならない。加藤さんはエミコの肘を取り重たく寄りかかった。積み重なるように並んだ何百という同じ形式のごく小さい仏壇の間の通路を二人は歩いた。それぞれの仏壇には赤い漆塗りの台の上に小さな陶器製の線香立てがあった。巧みに形作られ金箔できらめく板に家族名と思われる文字が書き込まれていた。加藤さんは言葉を続け、その声は頭上の装飾のない梁にこだました。

「愛ちゃんは今祖父母と共にいます。ようやくのこと、安らかにしているでしょう。そう信じています。」寺の中ではとても安らぎを感じた。縦、横に整然と並んだ仏壇には何かしら心を落ち着かせるものがあった。

家族の仏壇の前で止まり、細い線香にマッチで火をつけ、線香立ての中に置いた。加藤さんはいくらか苦労しながらひざまずこうとし、横にいるエミコも一緒に引き下げた。二人とも頭を垂れて静かに祈りを捧げた。エミコの腕にまだしがみついていたので、加藤さんは祈るために片手しか挙げることができなかった。それから仏壇を見上げ、父が愛したに違いない鈴のような澄んだ声で言った。「愛ちゃん、ここにおまえの *Nesan* がいるよ。嬉しいでしょう。おまえに会うためにわざわざアメリカから来てくれたんだよ。おまえは幸せだねえ。」それからエミコの方を向いて聞いた。「エミコさん、愛ちゃんに話してみたくありません?」エミコは微笑みを浮かべはしたが首を振った。

やはりやめておこう。急にこれらのことすべてが感傷的すぎるように感じたし、線香の煙で気分が悪くなってきていた。加藤さんが肘をしっかりつかんでいなかったら、立ち上がって寺から走り出ていたことだろう。

「それじゃ、アメリカへ戻ったときに私たちはつつがなくしているとお父さんに報告して下さいません?」この依頼はエミコを驚かした。

「あの子の父親の遺灰はアメリカにあってキリスト教徒と共にあります」と加藤さんは言って、ゆっくり付け加えた。「これは大変厚かましくさぞかし身勝手なお願いになると承知していますが、お父さんの遺灰を半分このお寺へもってきて愛ちゃんと一緒にいられるようにするとしたら、お母さんは万一でも同意して下さるでしょうか。」

なんと途方もない考えだろう! 返事するのに何秒かかかり、「*Kiite mimasu*」とだけ言えた。台所のテーブルにいた時の哀願するような母の表情を思い出し、この考えが案外気に入っていいと言うかもしれないので、はいと一瞬答えたくなった。だが、口には出さなかった。代わりに、ショルダー・バッグの中を手探りして茶色の封筒を取り出し、加藤さんに差し出した。加藤さんはそれを斜めにじっと見て、頭を仏壇の方へ傾《かし》げた。エミコは手紙を金色の板の脇へ置き、再び短い間頭を垂れた。そして、加藤さんが立ち上がるのを助け、二人の女は入り口の方へゆっくりと戻っていった。

1、2、3 これらの人名は原文ではそれぞれ Teru, Aiko, Tamaye となっているが、作者の了承の下にテルオ、愛子、玉恵とした。

4 原文では a bicycle sidecar となっている。アメリカで見かけることのある自動二輪車サイド・カーを作者が思い描いた結果だが、一九六〇年代の日本の事情に合わないので、作者の了承の下にリヤカーとした。

5 ここでは sorry という言葉に含まれる「謝る」と「気の毒に思う」の二重の意味が、英語で書いている作者の念頭にある。

山田ミツエ

第三章　抵抗

山田ミツエ

裁縫をおぼえて

どう言えばいいのかねえ
お前に
私の人生には何もない
話すようなことは何もないよ

日本の私の家は本当に貧しくて
学校へも行かせてもらえなかった
私は裁縫をおぼえて
いつも家計を助けて働いて
一七になっていた
嫁のもらい手など誰もいなかった
写真結婚でハワイに
嫁に行く村の友達が
言ってくれた
一緒に行こうって。

私はいやだった
両親も反対だった
でもとにかく私の写真が人に渡され
若い男の人の写真と手紙が来た
私はもう一七だった
私はハワイの島に渡った
その写真と結婚するために。

その男が船にやって来た
彼ははずかしがって口も利かなかった
移民局の役人が言った
ここに
ここに彼女の代わりに署名してと
彼は行ってしまった
役人は私のところに来た
ハワイに身内はいないのかい？
私は言った
結婚するあの男の人がいます

彼は言った
次の船で日本に帰りなさい
私は言った
私はあの人を待ちます
移民局の役人が言った
だめだ
あの人は帰ってこないよ
あなたとは結婚したくないと言っていた
あなたは不器量すぎると言っていた
日本に帰ったらどうだね
次の船で
私は言った
いやです
私は帰りません
私はここにいます

お前
ちょっと

待っておくれ
ペンを置いて
これは書かないでおくれ
誰にも話したことがないんだよ
一番上の息子、お前の父さんにも
この話をお前にするのは
六〇年の間で初めてだよ

私は長い間移民局で腰かけていた
人がやって来ては去って行った
私は居続けた
窓の外の
空も目に入らなかった
太陽も目に入らなかった
海草が沢山見えた
コオロギのこするような鳴き声が聞こえた
ヤモリがタクタクと鳴いていた
ヤモリは私の部屋に入ってくることもあった

でも私は怖がりもせず話しかけてみた
ヤモリは気ままにやって来てはいなくなった。

私は浦島太郎のことを考えていた
知ってるだろその話
浦島太郎は海に消えて
海の中で生活して
きれいな乙姫さまと結婚して
村に帰ってみたら
おじいさんになってしまった
私はこの場所を
おばあさんになるまで
離れまいと考えていた。

まもなく移民局の役人がやって来た
あなたの従兄弟を見つけたよ
日本で一度会ったことのある従兄弟が
二週間したらやって来た

従兄弟が仕事を見つけてくれるまで
彼とその奥さんのやっかいになった
家事を手伝って働いて
一年が経っていた。

従兄弟が夫になる人を見つけてくれた
その人は商人だった
私たちは小さな店を出して
乾物を売った
夫は三人の息子を残して死んだ
お前の父さん、一番上の息子は六歳だった
店を続けることはできなかった
私は字が読めなかったし
書けなかった
たったひとつできたのは裁縫だけ。

店にあった布を取り出して
ズボンや下着を縫った

衣類を木の荷車に積んで
背中に赤ん坊をおんぶして
農園から農園へと歩いた
農夫たちに衣類を売りながら
その人たちは私が唯一の店だった
夜にもっと多くの衣類を縫った
これを五年間続けた。

お前の父さんは大きくなって勉強や本が好きだった
あの子を教授なんて呼ぶ友達もいた
その時あの子は一一歳だった
私はあの子にお前には父さんが必要だと言った
あの子は僕は大学に行きたいと言った
私はあの子にお前が言うならどんな人とでも結婚しようと言った
どんな人とでも結婚しようと
お前を大学にやってくれる人なら。

ある日あの子が家に帰ってきて言った

僕は結婚紹介所へ行って
お母さんの相手を見つけてきた
その人は息子三人のいる未亡人と結婚してもいいそうだ
息子たちを大学に行かせてくれるそうだ
その人は農園の農夫頭だ。

私はその人と結婚した
やがて一番上の息子は
ホノルルの大学に行った
でも夫の雇い主が彼に言った
働き手が必要なんだ
お前の三人の息子も農園で
他の連中と同じように働かせてくれ。
夫は言った
できません
彼は長男との約束を守り
職を失った。

その後は大変な苦労をした
私は何の取り柄もないし
何も知らない
知っているのは裁縫だけ
今は子供や孫のために針を持つ
毎日毎日おてんとう様を仰いで
天照大神《あまてらすおおみかみ》にお祈りする
子供たちの健康と
学業成就のために
私にはそれで充分

お前
こう書いておくれ
ほら　ペンを執って
ほら　書いておくれ
私は帰りません
私はここにいますって。

山田ミツエ

ジェニの不満

おばあちゃんが自分の持ち物を
皆に分けている
私の結婚式の日に。
　ほら
麻雀セットあげる
牌は黄ばんで古いけど
本物の
象牙よ
それに本物の竹
私すぐ死ぬ
もういらない。[1]

おばあちゃんは友達にこう言った。
　一四人の孫が
みんな集まった
一二年で初めて

三人の息子と一人の娘も
孫娘の結婚式に
　私には初めて彼女にも初めての
そして多分最後の。

フィルと私は
誓いの言葉を書き直している
マイク伯父さんと。
詰め襟は着ないでね伯父さん
カトリックくさすぎるから
教派にとらわれないものにしたいの
お祈りも少な目にしてほしいけど
ユダヤ教とキリスト教両方を入れてね。

トシ伯父さんは男の子たちに指図している、
　お客さんたちにはタートルロック通りに
　車をとめてもらえ。
エルシー叔母さんはテーブルを設《しつら》えている。

ハワイから届いた
　このアンスリウムはどこに置こうかしら。
台所で誰かがガラスを割り
父さんが叫んでいる。
　気をつけて、誰も裸足で
　ここに入っちゃいかん。

おばあちゃんが、トシ伯父さんの車のとめ方の
指示を聞いているスティーヴに
儀式用のサムライの刀をあげようとしている。
　これはおじいちゃんのものだ
ほら柄は本物の真珠貝だ
とても古い
とても高い
私すぐ死ぬ
ほしくない。

マイク伯父さんがフィルと私に言う

何もかもいらないんなら
司祭もいらないことになる
自分たちで結婚式をすればいい。

おばあちゃんが、華やかなお茶道具一式を
ヘディにあげようとしている。
これは日本からもってきた
戦争の前に
今時
買えない
すばらしい日本人男性と
おまえはすぐ結婚するんだろう?
受け取って
私今ひとり
私すぐ死ぬ
もう使えない。

だめよおばあちゃん

今じゃなく
今じゃなく
いつかね
いつかね。

1 以下おばあちゃんの言葉はすべて、I diesoon [sic]/ Don't need などと、たどたどしい片言英語である。

山田ミツエ

看守とするトランプ

金属のきしむ音が短く
鳴る
夜のしじまが
耳に
たれ込める。

私は看守とトランプをしている
彼は椅子の上の大きな体の姿勢を変え
私はほほえみを彼の持ち札に注ぐ
待ちながら

私の目はうつろに床を見る
彼の後ろでは蜘蛛のような形の鍵束が
部屋のこちらへゆっくりとはい始める。
さあさあ、あなたの番よと私は言って
彼の気をそらすためにテーブルを叩く

待つのだ。

大仰なしぐさで
彼は鍵を拾い上げ
鍵掛けにもどして
あくびをする。

収容された者は試みては試み続ける
皆の集合意識はいつも
部屋の半分までしか鍵を引き寄せない
世界は朝になると目覚め無気力になる
たこのできた褐色の私の手はクイーン二枚とエース一枚を守っている
私のピンクの爪は光を受けたかのように輝く
私は看守とトランプをしている
もう何年も。

山田ミツエ

自分の言葉に溺れる

私の世界は殻でおおわれた
脳味噌の形をした島
何十もの深い裂け目から
騒音が渦巻くが
ひび割れはしない

閉ざされていない
私の半身が
小さな陸の塊から
海の中へと沈み込む

見ていると何列もの
生気に満ちた
白い服の人々が
すぐそこの陸地の上で
言葉を交わしこちら

を見もしない
私は片手の爪で
引っ掻いて
上へ上へとむき出しの
木の根の端にすがりつく
大きく
叫びながら
ゆっく
りと
なお
沈みながら

タスケテェエエ

この言語じゃない
白いかかとの列が
半月形に
私の頭上で

消えて行く
波はさらに
陸をえぐり取る
開口部には
丸い目の魚が
見える

ヘェェェルプ

この言語
でもない
私は息をしに浮かび上がろう
私だけの
別の言葉で

山田ミツエ

東《ひがし》さんは死んだ

彼女は私のお昼ご飯を白い柳細工の寝台用のお盆にのせ一二時きっかりに運んで来て、やさしく私を起きあがらせ、そのお盆を私の前にしっかりと置く。前日とその前日、そのまた前日と全く同じようにそうしてから、こう言う。「*Korede* 大丈夫《オー・ライトー》?」

「ええ、ありがとう。これでいいわ」と私は用心深く声を出す。身もだえするほど痛かった座骨神経痛がようやく和らいできて、四日目にして初めて楽に座ることができた。

横になっていたこの何日間かは、私にとって新しい発見の連続だった。寝室で痛みを忘れようとして背中を真っ平らにして仰向けになっていると、母が食器棚の戸をバタンと閉めるのが聞こえてくる。私は、台所でいくつもの仕事を忙しく片づけている母の足音に耳をすます。たとえば私は、母が夫や子供たち一人一人に別の朝食を作っていることを知った。「卵二つに《ツー・エギス・アンドー》ベーコン」と、まるで大衆食堂のコックのように注文を復唱し、同時に前もって注文を聞いておいた弁当もつめている。おかしな話だ。私が食事を作っている時には、週末の「家族全員同一メニュー」に誰も文句を言わないのに。台所の隣の洗濯室では、その間もずっと洗濯機と乾燥機の回る音がしている。日本語と英語の両方で大騒ぎしながら、二人の息子を学校へ送り出し、幼稚園児の娘のジューンをスクールバスを待つ歩道まで連れて行く様子が聞こえてくる。息子たちが大笑いしながら「おばあちゃん、イティー・マイティ・マウス・ヨー」と叫んでいる。

それは正確には「*Itte mairi masu yo*」という家を出るときの日本語の挨拶を、子供たちなりに発音したものだった。子供たちは元気よく「おばあちゃん、イティー・マイティ・マウス・ヨー」と繰り返し、母は「*Itte rasshai*」と応えている。母がきちんと守るべきだと言う日頃の挨拶を、子供たちがふざけてちゃかしても彼女は何も言わなくなっていた。こういう毎朝の挨拶の言葉をずっと交わしていないことに私は良心の呵責を覚えた。仕事のある日は大体いつも、三〇マイルを通勤するために家族の誰よりも早く家を出て職場へ向かう。今朝子供たちは私が病気で家にいることなど忘れて、私に挨拶もなしに玄関を飛び出して行った。

母が、多分今朝の六時からそうなのだろうが、入念に髪をセットしネットをかぶった頭のてっぺんから、ナイロンのストッキングと踵の低い靴を履いた足の先まで、一分の隙もない装いをしているのに私は気づいた。彼女は、多くの一世の女性たちのようにスリッパを履いてバタバタ歩くような真似は絶対にしない。

私がお盆の上のご飯とお汁のお椀のふたをとると、母は私をのぞき込むようにして日本語で明るく言った。「さあ、元気になって仕事に戻らなくちゃ、ね。*Tottemo erai shigoto dakara.*」

私は、母がこの何日間か私には丁寧で見守るような口調の日本語で話しかけ、子供たちには「片づけて《プッテム・アウェイ》」とか「急いで《ハリ・アップー》」などと、彼女なりの英語でてきぱきと指示をしていることを思い出した。

日本語では主語を言わなくてもすむからなのだろうが、母が私を元気にしようとなだめる言葉は、まるで二人で元気になろうとしているかのように聞こえてしまう。*Erai shigoto dakara* という言葉も私には曖昧に響く。私はとても重要な仕事をしているという意味なのか、それとも私の仕事は私にとってきつすぎるという意味なのか、どちらに取るべきなのか。

「お母さんの私たちへの話し方の違いに気づいてる？」昨夜私は夫に聞いてみた。気晴らしに話をしてみたい気分だった。「特に私へのときと子供たちへのときのことなんだけど。」

「大したことじゃないよ」と夫は言った。「どっちにしろ、お母さんはここではいつもより料理と洗濯のことで頭がいっぱいになっているんだろ、それは間違いない。」まるでそれですべてが説明できるかのような言い方だった。

母が昼食をとてもきれいにお盆に並べていたので、私は特に空腹ではなかったがそうとは言い出せなかった。私はゆっくりと、玄米、豆腐のみそ汁、野菜の煮染め、海藻の酢の物に箸をつけた。かたわらで母が、味噌は菌を殺し玄米と豆腐は力をつけ、海藻はお腹をきれいにしてくれると日本の食品の本に書いてあると話すのを聞きながら。何分かすると母は腕時計に目をやり「一二時三〇分、郵便が届く時間ね」と言った。

私が小さい頃の母の生活がいかに時計通りに進められていたかを、私はすっかり忘れてしまっていた。この五年間、ふだん私が仕事に出ている間は母が家事をこなし、私が食料品を両腕に抱えて玄関に入った瞬間からそれを引く継ぐというやり方に何の問題もなかった。この四日間は夕食後のテレビのために自分の部屋に入る代わりに、母は子供たちの宿題とお風呂と就寝を時計を見ながら監督していた。当然のことながら子供たちは不満の声をあげた。もっとも、なかばあきらめているようにも私には思えたが。

「お母さん、どうしておばあちゃんはこんなに早くお風呂に入れって言うの？まだ宿題しなきゃなんないのに。」すると母は私が一言も発しないうちに割り込んで言う、「あら、そうお？ そう思う？《ドゥ・ユー・「シ」ンク・ソー》 分かった。《オー・ライトー》」しかし、結局母は毎日夕方彼女のスケジュール通りに、子供たちそれぞれにお風呂を準備するのだった。

おもしろいものね、母が誰の言い分も聞かずに仕事をこなし、私たち全員がそれに従っているみたいだなんて、と私は思う。

実際この五年間の私たちの人生の出来事は、タイミングが完璧にうまくいっていた——私の父の死、娘の誕生、母との同居、私の職場復帰。母は最初は私たちと「ずっと」一緒に暮らすという考え方にはいくぶんためらいを覚えたようだったが、すぐに慣れた。しょんぼりした未亡人からやる気満々の家政婦への母の変身ぶりに夫と私は目を見張った。父の死後私たちが説得して、母がやっと家を売ってあの大いなる引っ越しをするまでにまる一年かかった。自分の家具や三六年の間にたまった持ち物の思い出から引き離されることは、母にとっては耐えられないことだった。仕方なしに私たちは母にそれらを持ってくるように説き伏せ、家具のほとんどを車二台の入るガレージに収納したのだった。母はやって来ると、私の「手抜きだらけの家」をきらめくばかりに整頓してしまった。母を家政婦として「使おう」などという気は毛頭なかったのだが、どうも彼女が一番楽しんでやっていることのようだからと私たちは納得した。母と私は取り決めをすることもなしに、とても自然に手際よく家事を分担するようになった。毎朝コーヒーをいれてくれて、時には子供たちの分と一緒に私のお弁当までつめてくれる私の家の「申し分のない妻」のことを、私はよく友人に話してはうらやましがられた。職場に戻って初めて、どれほど自分が家の外に出たくてうずうずしていたのかに気がついた。

「お母さんは必要とされることが必要なんだ！」と夫と私は互いに満足げに言い合った。

私がちょうど昼食を終えようとしたとき、母が小さな手紙の束を持って戻りお盆の上にそれを置いた。私はそれらをめくって目を通し、無用な郵便の中から知人からのものを一通抜き取ってもどかしげに封を開けた。

「痛っ、」親指と人差し指の間を紙で切ってしまい、私は痛む傷に口を押し当てた。母は首を振りながら「*Sosokka shii hito*」と笑いながら言った。子供の頃、私がお皿を落としたり家具に傷をつけたりすると必ず投げかけられたこの言葉は、私の神経を逆なでするようでいやでたまらなかった。でも今では、どちらかが自分の足につまづいたりすると、くしゃみのあとの「お大事に」のような調子で私たちはこの言葉を互いにかけ合う。

「母さんの娘ですから」と私は明るく言い放った。今では、母が毎日の仕事のときいつもそそっかしくて、切り傷や裂き傷や刺し傷が耐えないことは二人ともよく分かっているからだ。私は封筒の中身を広げて黙読した。家の外からのニュースならどんなものでも知りたかった。その手紙は旧友からで、手書きの短いメモをコピーしたものだった。

「拝啓　もうぎりぎりなの(手持ちのことだけど)。三ヶ月も働いていない。大家のおばさんの取り立てがきびしくて。余裕があったら少しの間(ってことは一年位)用立ててもらえない？　急ぎでお願いできる？　かしこ、ドロレス。」

母はベッドカバーを整えたり、毛布の端をマットレスの下にたくし込んだりして忙しげにふるまっていた。「さすがね！」と私はうなってから、楽しさのあまり手紙の内容をくだけすぎない日本語に訳して教えてしまった。

「誰なの、その人」と母が訝しそうに訊いた。

「ああ、大好きな友達よ、とってもきれいで変わり者で、大学院で知り合った黒人の女性なの。したい仕事になかなかつけなくて、職がないからやりくりにお金が必要なのよ。」

職に就いているときは、生活のそれぞれ異なる部分——仕事、自分のこと、家事——を区別しておくことができる。母と話すのはたいていの場合家のことに終始する。夕食の献立、敷物のあのシミの取り方、（夫や）子供たちがベッドの下に脱ぎっぱなしにする靴下のこと。友達のことをあまり話したりしないので、私の親友については母は偶然耳にする程度だ。私のことを妻でも母でも娘でも上司でもなく、仲間だと思ってくれているドロレスを、母は私の「軽はずみな」友達の一人だと考えてしまうかもしれない。病気で寝ていて、心の動きも体の動きも母に見られているので、私はこの友人についても母に伝えておかなくてはという気になったのだった。しかしすぐにそれを後悔した。いかにも母親らしい仕草で、彼女は咎めるように首を振った。

「*Mah, haji shirazu.*」

母の口から長い間出なかったこの言葉を聞いて、私ははっとした。友人ドロレスの、味方をしなくてはと思った。

「どうして、どうしてこれが恥ずかしいことなの」と私は突っかかる。

私は母の言葉で、スタックおばさんの、毎週月曜と金曜の朝の焼きたてのパンを思い出していた。

兄たちが学校に行っている間、私は裏庭の隣との境にある低い生け垣から離れないようにして、一人で遊んでいた。いよいよスタックおばさんが網戸のところに姿を見せると、私は階段の下に駆け寄って物おじもせずに「こんにちはスタックおばさん、できた?」と元気よく言って、自分から上がり込むのだった。おばさんは開けた網戸を片手で押さえて、もう一方の手でやさしく私の背を台所へと押してくれた。おばさんの大きな体からはいつもかすかな汗のにおいがしたが、台所に入るやいなや焼きたてのパンのすばらしい香りが私をくるんだ。おばさんの台所の壁や床は、色合いの違う黒い木の木目が互い違いに走っていた。床の木は磨き込まれていたが古びていて、私は薄い靴底を通してでこぼこした木目を感じ取ることができた。調理台には色とりどりの果物や野菜の入ったガラスの壺が折り重なっていた。

大きな金文字の「A」が前面に刻まれた黒光りのする扉の大きなレンジが台所に鎮座していた。スタックおばさんは、大きなテーブルの上で熱をさましている丸いパンの塊のひとつから、皮のぱりぱりしたところをちぎって私の方へのしのしと歩いて来るのだった。手を丸くくぼませてパンを受け取ると、おばさんのぽっちゃりとした手が柔らかくて暖かかった。

「さ、行きなさい、おちびちゃん、ママに見つかる前にね。」

私は、みんな「おちびちゃん」と呼ばれている、おばさんのたくさんの孫の仲間に自分も入れてもらって、頬がほてるような気持ちになった。私の母は可愛らしい呼び方はあまりしなかった。私は四歳のときに末の弟が生まれるまでは *Aki-chan* だった。それ以後は母は私に弟を通して話しかけ、私を *Nesan* と呼んで「*Nesan* はああしてこうして」と言うのだった。あるいは母は私を、何かを命じたり叱ったりするときは特にそうなのだが、kの音をきつく発音しながらアキコと呼んだ。

私はスタックおばさんの家の勝手口の短い階段を降りながら、注意深く両手の中に暖かいパンの一かけらを包み込んだまま、母さんが二階で赤ん坊の世話をしていればいいなと思うのだった。すると決まったように、母は台所の窓から私を呼ぶのだった。私は裏口のドアをやっと体を滑り込ませられるだけ開けて、パンを体の後ろに隠してゆっくりと母の方に近づく。母は窓の外を見ながら流しの前に立っていた。

「アキコ、*Nani shiteru no?*」母はそしらぬふりで、それが毎週月曜と金曜にくり返されることではないかのようにたずねる。

「何も。何もしてないわ、ママ。」

すると母は私を見て、弓なりにそった私の腕に目をやり、背中に隠した罪深いパンを私の体を透かして見つけるのだった。

「*Mah, haji shirazu. Mata jama shiteru.*」と母は、まるで大発見でもしたかのように大きな声を出す。

Haji と *jama* の二つは私の若い頃いろいろな情況で何度も出てきた言葉だ。他人の手を煩わすことは恥ずかしいことだと、何度母は私に言ったことだろうか。母は隣の白人女性を*jama* してはいけないとも私に言ったんじゃなかったかしら。長い間私は*jama* と聞くとジャム、おいしいパンにつけるあのジャムを連想したものだった。私は後ろめたく感じながらも、裏口の階段に腰かけてスタックおばさんのまだ暖かいお手製のパンを、たとえジャムなしでもおいしく食べるのだった。

私はドロレスの手紙を示しながら「どうして、どうしてこれが恥ずかしいことなの」と繰り返した。「*Soredemo*」と言って母は続ける言葉を探した。「その友達のものの頼み方よ、ずうずうしくて、軽々しすぎるのよ。」

私が彼女を好きなのはまさしくそういうところなのだと、どう説明すれば分かってもらえるのだろう。

「ああ、そう。じゃドロレスがへりくだってものを頼まないから *haji* だというわけね。一世の人たちのように、あちこちでペコペコしていればいいというわけけね。」

思いがけずひどいことを言ってしまったように感じたが、母は自分のこととはとらえなかった。母は、その方があけすけにものを頼むよりは、はるかにましだと応じただけだった。

「それじゃ、あの托鉢のお坊さんはどうなの。母さんのお姉さんの家に毎朝やって来てお布施をお願いするあの人たち。あれだって私にはあからさまだと思えたけど。」

ここに至って私が徹底的に議論するつもりになると、私が幼い頃日本で過ごした短い月日の遠い記憶が突然どこからともなく甦ってきた。直観的にこの話題の方が、*haji* や *jama* にいろどられているスタックおばさんのパンや、他のたくさんの子供時代の私の記憶よりも安全だと判断したのだ。その二つの言葉はその時代を圧倒的に支配していた。

母はあの「おまえたち二世は何も分かってない」という表情を見せて強い調子で言った。「何を言ってるの。それとこれとは大違いよ！ 決まってるじゃない。」

母の故郷の家で、やさしくチリンチリンと鳴る鈴の音で毎朝目が覚めたことを、私は思い出した。日本の行儀作法を身につけるために、私はそこに一〇歳のときにあずけられていたのだった。朝、鈴の音を聞くといつも私は布団を飛び出して、浴衣の帯を締め直して部屋から出た。同時におばさんが自分の部屋から小走りに出てきて、廊下で私の方に一握りの硬貨を差し出して待っていた。私は彼女の手から硬貨を受け取って玄関の方へ駆け出す。片手に長い杖、もう一方には鈴を持ち、ゆるやかにたれた衣をまとった巡回の托鉢僧を、いつも私はしげしげと眺めた。僧侶の顔は深い編笠の陰に隠れていたが、指先の細いきゃしゃな手やか細い体つきで、彼がとても若いことが見てとれた。彼の姿を見て私は、アメリカの家の廊下に母が飾っていた、片手に柄のついた杖を持って羊の群を見張る長い衣を着た羊飼いの絵を思い出した。私は托鉢僧の肩からかけられた布袋に硬貨を入れてあげた。彼は軽く会釈をして通りへと姿を消し、そのあとには涼やかな鈴の音を伴った彼の御詠歌の声がただよっていた。

母は私がもう食べないと分かると、お盆を鏡台の上に片づけて、枕を叩いて形を整えた。私は枕にもたれかかり、どうしてあんな若い僧侶が乞食みたいにあちこちの家を回って日々を費やすのかと、*Obasan* に一度たずねたことがあると母に言った。

「*Mah, haji kaku !*」と母は大きな声で言った。

「*Obasan* も同じことを言ってた！　また出たわねその言葉、*haji.*」

不意に柳細工のお盆を取り上げながら、母が言った。「ジューンやお兄ちゃんたちが帰ってくる頃ね。おやつの用意をしなきゃ。」

おやつの用意って、一体何を用意する必要があるのかしらと、私は体を伸ばしてラジオのスイッチを入れながら訝しく思った。三〇分すると母は戻ってきて、まるで中断などなかったかのように議論を再開した。出し抜けに彼女は言った。

「*Doshite wakaranai no kane.* 托鉢のお坊さんは物乞いをしているわけではないのよ。あの人たちは代わりになにがしかのものを与えてくれるの。お坊さんは私たちの健康と幸運を祈ってくれるのよ。」

「そう、それなのよ。だからこそお坊さんたちは大いに誇りを持っているんでしょ。何もへりくだることはないんでしょ。お願いして、もらって、受け取る。全然もったいぶらずに。」私はドロレスの手紙に話題を戻そうとした。

ちょうどそのとき、家の前で幼稚園のバスの音がして、ジューンの急ぐ足音が家の中に聞こえてきた。ジューンは私の寝室に駆け込んで来て、手に持った紙を私のベッドの上に広げて、彼女の絵の中の人物を続けざまに説明し始めた。母と私とが多少なりとも真剣な議論ができない理由には、いつも子供たちにじゃまされることもあるのだと、ふとそんな気がした。ジューンが母に向かってたずねる。「おばあちゃん、お腹空いた。おやつは何？」二人で部屋を出て行きながら母がジューンに、まずおじいちゃんにご挨拶しなさい、それから服を着替えなさい、そして「片づける《プッテム・アウェイ》」のを忘れないようにと言っているのが聞こえた。何も答えずにジューンは母の部屋に駆け込む。もちろん、母のタンスの上に置かれたおじいちゃんの写真に挨拶するために。私が何年か前に、仏教の儀式に拘泥するのはクリスチャンにはふさわしくないと説得してからというもの、母は先祖の仏壇を家に置くことは諦めたのだが、それでもタンスの上の夫と両親の写真にお供えをすることは続けている。母にとっては、学校から帰ってのおやつの前にすることとして、先祖を敬う儀式を遵守してくれる子供が、少なくともジューンだけでもいるわけである。

ジューンが母の部屋でおじいちゃんへの挨拶をすませ、自分の部屋へ行って着替えをすませ、おやつを食べようと台所に急ぐ足音が聞こえる。バン！と音がして、もう彼女は外に遊びに行ってしまった。そして数分もしないうちに彼女が玄関で叫んでいる声が聞こえた。

「おばあちゃん、クラークおばさんがキャンディくれるって言うんだけど、いい？」

お向かいのクラーク夫人は、子供たちにとってのスタックおばさんのような存在だ。台所のテーブルの上の焼きたてのパンではないが、クラークさんは、いつも色とりどりのキャンディをガラス瓶に入れておく。

「みっともない、ジュンコ！　おばあちゃんが果物のおいしいおやつを作ってあげるから。どうして白人のおばさんの *jama* をするの？　白人のおばさんを邪魔《バザ》しちゃいけないって言ってあるでしょ。」母は *jama* を自分の訛った英語に直して強調してみせた。「みっともない」は *haji shirazu* ほどは、けなされた気分にならない。娘はしかし、かつての同じ年頃の私のように、母の言葉にすくむどころか、「でもおばあちゃん、おばちゃんは私に邪魔してほしがってるんだもん。私に何かくれたいんだもん。私といて楽しいんだもん」と口答えしてバン！とドアを閉めてしまう。

この子と母とは面白い取り合わせである。ジューンは母が家にやって来た次の年に生まれた。兄二人はその頃は夕方まで学校にいるようになり、母は家の中で手持ちぶさたに感じ始めていた。「お母さんにジューンをあずけて、忙しく愉快に過ごしてもらえるのはいいことだ」と、三ヶ月後に私が職場復帰の準備をしている頃、夫と私は話した。おばあちゃんに口答えして、夫がよく言う「やられた分だけ」やり返して平然としていられる孫は彼女だけである。朝、母が子供たちに向かって「セーターを着なさい、外は寒いから」と言うと息子たちはしぶしぶ従うが、ジューンははね返す。「おばあちゃんが寒いからといってどうして私がセーターを着なきゃいけないの？ 寒いんならおばあちゃんが着ればいいじゃない！」と言い放って、半袖のコットン服で朝の冷気の中をずんずん行ってしまう。

母がジューンの部屋にいる物音がした。私たち夫婦の寝室とジューンのクローゼットとの間の壁を通して、クローゼットの引き戸が開いたり、ハンガーがカランカランと鳴る音が聞こえた。ほどなく母が腕いっぱいに服を抱えて入り口に現れた。

「見てこれ！ お宅の娘さんは部屋中にこれを脱ぎ散らかしたまんまよ！」

私は驚いたふりをして「あらいやだ、片づけてないの！ じゃ私みたいに、ジューンの部屋のドアを閉めて見なくてすむようにしたら？」 家族皆が散らかすはしから片づけて歩かなくては、という母の文句には耳にたこができていた。子供たちのだらしない習慣に対する私のやり方は、それを冗談に紛らしてしまうことだったが、この時の母はそんな軽口に乗る気分ではなかったらしく、日本語交じりのいつもの演説を始めるのだった。「ママは子供たちをちゃんと育てる手伝いをしようとしているのに、あんたはさっぱり協力しない。ママは全部ひとりでやっているのに、誰も感謝してない！　*Hitotsu mo kansha shite nai !*」

母は家族の協力が足りないと毎日不平を言ったが、この言い方にはそれではすまないものがあった。母は *kansha* という言葉やそれが足りないなどとは以前に言ったことはなかった。母の声には激しさがあった。私はスポック博士の育児書にあるような模範的な受け答えで母をなだめようとした。子供たちに責任を持たせなくてはいけない、そうしなければ彼らはいつまでたっても分からないと私は母に言った。いつも子供たちの世話を焼きすぎるくせに、子供たちがなかなか自分でできるようにならないと不平を言う、それが母の良くないところなのだ。

「どうしてそれがママの落ち度なの、藪から棒に。」母は頭に血が上り始めていた。「私は別にこの家の召使いでもないのに、ずっとお手伝いばかりじゃない。」

私は座骨神経痛の痛みがぶり返すのを感じたが、負けずに強い調子で言った。

「だから、それが母さんのいけないところなのよ。母さんはいつも人にしてあげてばっかり、あげすぎよ！」

「*Aruhito wa morau bakari !*」と母は叫び返した。

その声のあまりのすごさに二人ともびっくりしてしまった。私もそういう人間のひとりなのだろうか。私はただもらうばかりで何もお返しをしていないのだろうか。すると突然母は口調を変えてやさしく言った。「*Ageru nomo, morau nomo, onnashi.*」その言葉はゆっくりとしみこんできた。あげることともらうこと、それは同じこと。

「*Toki ni yotte?*」と私は母の言葉を補って聞いてみる。時によって、ということねと。母は頷いた。

「私が親しくしていた東《ひがし》さんのこと憶えている？」今度は母が記憶の底に沈んでいた思い出を持ち出す番だった。

私は一二歳だった。教科書を腕に抱えて学校から帰ってきたばかりだったはずだ。母が電話のかたわらで、廊下の隅に寄せて置かれた三角形の電話台を両の拳で叩きながら泣いていた。私は忍び足で二階に上がろうとした。いつも冷静で落ち着いている母のそんなふるまいに狼狽したからだ。母がそんなにも激しい感情を顕わにするのは見たことがなかった。母は私を見ても涙を隠そうとはせず、ただこう言っただけだった。「*Higashi no okusan shinde shimatta.*」

私は息をのんだ。「どうして死んだの？」

東夫人は我が家から通り三つほど離れたところに住む卵屋の未亡人だった。一年前に亡くなったご主人は、酪農場へ行って仕入れた新鮮な卵を週三回私たちに配達していた。ご主人の死後、未亡人と六人の子供を助けるために父や近所の人が力を合わせ、運転のできない彼女に代わって交代で卵を仕入れに行った。近所では、おもちゃの荷車に卵の箱を積み上げて、それを引きながら通りを行ったり来たりする彼女の姿はおなじみだった。私には彼女や子供たちが楽しんででもいるかのように見えた。赤ん坊が荷車に座り、年上の子たちが押したり引いたりしていた。ちゃんと生活しているように思えたのに。

しかし東未亡人は、台所のガスレンジの栓をひねり、彼女と子供たちの命を絶ってしまった。

「ええ、もちろん。東さんのことは憶えているわ。ほんとに、とてもよく」と答えながら、私はまだ六人の小さな子供たちや荷車や卵の箱を頭に思い描いていた。

「*Erakatta!*」母は静かに言った。私はその言葉の持ついろいろな意味合いに思いをめぐらした——疲れた、困難な、偉い、立派な、感心な。東さんにとって「人生は大変だった？」母にとっても「人生は困難だった？」苦しみを一人で背負ったから「東さんは立派だった？」自分で命を絶ったから「東さんは感心だった？」

母はベッド脇のスタンドの上の小物を片づけ始めながら言った。

「あの頃はね。一世の女は今のお前たちみたいに恵まれてなかった。誰も助けてなんかくれやしなかった。家族もいなくて。小さな子供をあんなに抱えて。友達が何人か助けたけど。それじゃあ、とても。みんなそれぞれ手一杯だったし。あの人は誇りを持った人だった。彼女は誰も*jama*したくなかったのよ。物乞いをして家の名を*haji*で汚すなんてことがあの人にできたと思う？ *Higashi no okusan shinde shimatta.*」

「*Shinde shimatta.* それ、母さんが東さんの自殺のことを教えてくれたときに言った言葉ね。それ、変な言い方じゃない？」と私はたずねた。それではまるで死の方が勝手に東さんのところへやって来たか、死ぬことも人生のひとつの道みたいだ。

「*Mattaku sohyo.* 他に手だてはないと考えて、だから東さんは死んだ。」母はきっぱりと言った。

私たちの間を、母と私との間を隔てているものは、言葉の違い以上のものだということが、私には分かりかけてきた。

「母さん知ってる？ 英語では彼女の自殺を表現するのに、たとえそうでなくともまるで自ら望んだみたいに『彼女は自らを殺した』と言う以外にないのよ。」 まるで罪を犯すかのような「自殺を犯す」という英語の言い方のことを、私は考えていた。

「お前の友達のしたことは」と母はベッドの上のドロレスの手紙を指さしながら言った、「日本人の女にはなかなかできないだろうね。*Omoi naoshitara, kanshin da neh ?*」

「それは、彼女を見直したってこと？ 今はドロレスを *kanshin* だと思っているの？」話していることに思い違いがないことを私は確認したかった。さっき母が使った *kansha* は有難く思うという意味だが、母は今度は *kanshin,* つまり立派だと言っているのだ。ある意味ではその両方ともドロレスに当てはまる——私たちは彼女を有難く思っているし、彼女は *kanshin* だ——ということを私は日本語で言いたかったのだが、適当な言葉が見つからなかった。「そうね、私にもできないとは思うけど、ドロレスの元気はたしかに立派だと思うわ」とだけ私は言った。

しばらく二人とも口をつぐんだ。息子たちの「おばあちゃん、ただいま！」という声が玄関に聞こえた。

母は反射的に「*Hai,* ここよ、お母さんの部屋よ」と応えて出ていこうとした。

私は何とか起きあがり、ベッド脇のスタンドの引き出しの小切手帳とペンに手を伸ばした。

「ママ考えたんだけどね、」母が向き直ってなかば出し抜けに言った。「あんたの具合がよくなってしばらくしたら、あんたと子供たちは自分たちでやっていけるわよね。」

私は小切手帳を脇においた。

「ママはアパートに引っ越そうかと思うの。そんなに遠くないところに。」

私は足をベッドの端からぶらぶらさせたまま、すっかり晴れやかな気分になって視線を上げた。

「もちろん、ママ時々手伝いに来るけど。でも自分の家が欲しいし、自分のものに囲まれていたいの。」

息子たちを迎えに今ドアから半ば出かかった母は、心が安らいでいるかのように見えた。

「*Mama wa kakugo shitayo.*」

Kakugo, たしかにぴったりの言葉——準備、用意、決意、決心。

「本気?」

「ええ。」

「もし本当にその気なら、ママのためにはいいことなんじゃない。アパート代少し出させてね。」

山田ミツエ

第四章　繋がり

山田ミツエ

いとこ

右手の
三本の指をなくしただけで
生き存《ながら》えた神風飛行士が
自宅の手入れのいい庭で
私にカリフォルニア・ワインを勧める。
灌木の中にそそり立つ
巨木のように泰然とし
一方の手を
舶来の椅子の
腕に置き
親指と小指の間で
足付きの透明なグラスを宙に浮かせて
三〇年私が聞けなかった
質問に答える。

もちろん違うとも

「お国のために死ぬことは
美しく正しい」
などと本当には信じていない。
もう夕べでカナリヤが喉を澄ましている。
木立でコオロギが鳴く中を私は立ち去る。

山田ミツエ

満開に咲く郊外

社会学者リチャード・J・ゲレス博士によれば、合衆国内で女性が受けた虐待のうち、
少なくとも四分の一は妊娠中の妻に対するものである。

隣人と私は
並木道を形作る
どっしりとした楓の下を
散歩していた
二人とも初めての
妊娠中で、
いかに得意だったことか。

「女たちのうちであなたは祝福を受け
その子宮の実りも祝福されています。[1]」

木々のトンネルの中へ
町の暴れん坊が入り込む、
七歳の少年で、
ダンサーのように一歩も

踏み間違うことなく
すぐ前を後ろ向きに駈けていき
私たち一人一人に
うなずく

「ありゃ、しこたまやらかしたもんだ。」

お互いに
自分の姿が相手の
目に映るのを意識し
もう
祝福は
感じなかった。

その男の子は
今はもう若者で
色々取り合わせの
部品を集めるのが趣味
頭の

中には鉛の破片がある
いつか女なら誰でもかまわず
その体の中で爆発するだろう、実際
言っている、もちろんするとも
女はエベレストの
ようなもの
そこにいるのだから。

今その妻は身ごもっていると
聞く
そして近所の少年
町の暴れん坊が
かっとなる。

「女たちのうちであなたは祝福を受け
その子宮の実りも祝福されています。」

1 新約聖書ルカ伝第一章四二節。

山田ミツエ

棍棒

日本女がまとう
キモノのへりであの人は私を打った
それは日本もしくは香港で
完璧なまでに彫られた
色のついた
大事な
木像。

彼女はいつもは居間の
あの人の本棚の上
私が触れてはいけない
海外からの珍重品の中に収まっている。
大抵そこにいて見せる姿は
頭をかしげ
右手の
白い先細りの指先に

軽くあごをのせ
黒髪は
高く頭に結い上げられて
長く細い首を肩まで
顕わに見せている。
豊かな袖に隠れて
見えない手が
着物をつかんで
体へ引き寄せ
そのへりは足のまわりに
しとやかに広がっている。

そのへりが
このそばかすのある腕
この肩
この背中に
赤い跡を残した。
その頭をあの人の

こぶしが握った時
指の付け根の関節は
らくだのこぶのように
盛り上がり
私は彼女のために祈った
その鉛筆のように細い首が
ポキッと折れないように
さもないとあの人の怒りは耐え難いものになるだろう。
彼女は私のためにしっかり持ちこたえ
破片も飛ばずひびも入らなかった。

ある日、翌朝よくしたように
私たちは話していた。
私は言った、ねえ、黒目の別嬪《べっぴん》さん、
もう十分あの人に尽くしたんじゃない？
思い切って彼女を片手で持ち上げ
そのほっそりした足を包む
流れるような衣のあたりを大事に抱えた。

思ったより軽かった。
指先で
その冷たい腿をなでると
かすかな震えを感じた。

台所へ持っていって二枚の
紙タオルで包んだ。
私は囁く
私たちは出ていくのよ
あなたと私
一緒に。

スーツ・ケースに詰め込んだ服の間に
彼女をおいた。
そうしてあの人のもとを立ち去った
永久に。

山田ミツエ

もうたくさん

私は自分の体が
平和を愛し
若い血潮が騒ぎ
環境問題に敏感で
性欲過剰な男の詩人たちに
隠喩化されるのを目のあたりにする。
その申し立てるところでは
多産で、豊饒で、魅惑的だった
陰毛の森は
容赦なく大鎌で
切り倒されてしまった。
私は躍動する油のとてつもない
埋蔵を秘めた大洋だったのが
ポンプでドラム缶に詰め込まれ
枯渇してしまったと嘆いている。
大陸の間に挟まれた

虚弱な体を持つ
アジアの小国として
幾度も侵され荒廃した
と呻く。

たった一人の女
たった一人のアジア人として
この特権的な仲間内にいて
爪が文字通り
手のひらに食い込み
黄色い血が滲《にじ》み出て
床にしたたり落ちる。

山田ミツエ

ガチョウが今でも聞こえるローラへ

あなたがその子供たちについて自作の詩を朗読した時
聴衆の脆《もろ》い耳でも味わえるようにイメージが滑らかな
適切な言葉でよく磨き込まれ清潔になっているのを聞いて
私は言った
　ローラ、擦り減った言葉で語らないで
見せて
自分の目で見たことを見せてほしい
自分の耳で聞いたことを語ってほしい。

するとあなたは探るような
目つきをした
日本で出会った
あの女のこわばった表情のように
彼女も別な言語で
きまり文句を並べて
言っていた

この世の地獄のよう
身の毛がよだつ悪夢のよう
想像しうるいかなる物のようでもなく
想像しうるいかなる物のようでもあり
それでも理解できないだろう
広島は人間がゴミと化した堆積だった。

あなたの言葉の調子はゆったりとして整っていた
　子供らの声が聞こえなかった
　叫びが聞こえなかった
　ガチョウのために。
私は飛び上がった
　ガチョウ？
　何のガチョウ？

あなたは言った
　衛兵が広場へ持ち込んで
　羽ばたきさせたあのガチョウすべて

彼らが子供らを
追い立ててかまどへと
引き立てたときの。
子供らの声は聞こえず
その開いた口からは
ガチョウのガアガアいう鳴き声
バタバタいう羽ばたきだけが
聞こえた
私たちは寝棚へ戻るところだった
一晩中
一晩中働いたあとで
私は言う言葉がない
他に言葉がない。

あなたはそう言い、私は椅子の端に
腰掛けて待っていた、あなたが
的確な語の選択
鋭利で斬新なイメージ

新鮮で生き生きとした言葉で
目撃したことを見せてくれるのを
その光景を生き抜くことで
私もまた生きるように。

ローラ、ガチョウのことは忘れないわ
でも、あなたの脳裏に刺すような影を
焼き付けて燃え続ける
その子たちの体を感じることはできない
どうしても。

山田ミツエ

忘却の川

彼は言った
「この目で
ちゃんと見たんだ、そいつらは
自分たちの子供の
痩せて肋骨の見える体が
通りでぶたれ血を流しているのを
ただ見ていた
その時分かったんだ
今はっきり分かる
あいつらは命と
自由と
幸福を
大事にする
俺たちとは違うんだ。」

しわのないピンクの肌に包まれた

兵役についたことのあるこの学生
唇は一本の白線
顎骨の肉は
盛り上がった固い塊
青い光の中で
教室の向こう端から
私を鞭打ち
私は黒板の壁を背に
棒立ちになった
折れたチョークを
手のひらに持って。

その時私は黙っていたから
その日教えるはずだった内容が
いまだに私に
こぼれかかり
物事を見すぎたか
十分見てこなかった

この学生に向かって
吐きかかる。

その時私は黙っていたから
あの金属縁のメガネは
コルク地の壁に鋲で留まり
その奥の灰色の目に曝されたまま
私は前に立つ
折れた白いチョークを
手のひらに持って。

山田ミツエ

わが町地球

思い描いてごらん、
土星の環のように
平和の輪がぎゅっと
私たちみんなを抱え込んで
戦争の余地のない
将来を

思い描いてごらん、
わが町地球が
核戦争の
実験場では
なくなっている
将来を

思い描いてごらん、
心のガイガー計数管が
空気中にもはや悪夢を探知しない

将来を

母親が焼け死んだ
地面、そこに埋る
炭のかけらに
子供が面影を
求めることがなく

戦争の中で殺され
戦争の間に殺され
憎まれて殺され
飢えて殺された
子供の棺の上で
母親が泣き叫ぶことがない

私は老いゆく女の身を
この地に横たえ
皆が共有する将来の
四方へ鷲のように

手足を広げ渡し
共に生きた過去を
忘れない

ただ生き延びるだけでは
十分でない者たちのために
将来を作らなければ
あまりに心と精神をそがれて
来たるべき時間が考えられない者たちのために
将来を作らなければならない。

思い描いてごらん、
望遠鏡の反対側から
今ここにいる
私たちを見つめている目に
将来があることを。

山田ミツエ

逃亡

昔々私は母と三人の兄弟と水道のない一間の
アパートに住み、八、〇〇〇人の親切な隣人と
アイダホの砂漠のヨモギ芝生を共有した。
大戦後すぐ、私は鉄条網をよじ登って
ニューヨークのひらけた通りの只中へ躍り出た。

月三五ドル、マンハッタン南東部の狭い窓が一つある
エレベーターのないアパートの五階に二人のルーム・メイトと
住んだ。冷凍箱は二本の釘で窓の敷居にしがみついていた。
台所兼居間の真ん中には浴槽があり
白いエナメルの蓋は料理台や食卓など
二役も三役もこなした。その丸い底は
四つの頑丈なつめが支えていた。風呂を使うには
錆ついた蝶番付きの蓋を半分折り開け、ガスレンジの
二つのバーナーで沸かした湯をバケツで運んで一杯にした。
冬の間はアパートで一番暖かいところだった。

運のいい一人が乳母車の中で満足げな赤ん坊のように
ゆったり湯につかっている間、残りの二人が
湯を注ぎ入れ続けるのを苦にしなければの話だったが。
しかしある夜腐りかけた木のドアの蝶番が外れ
私たちを赤線地区の女と思った侵入者に隙を与えた。

そこを出て、あとずさりして結婚し、セントラル・ヒーティングのある
二寝室、庭付きの二階アパートへ引っ越した。中庭には
青々とした芝生が茂り、油の入ったコン・エディソン[1]の大きなドラム缶が
よく見える景観だった。三年経つとむき出しの中庭に
つむじ風が舞い、酔っ払いが建物に入るのを
邪魔するようになった。近所のキュー・ガーデンズに住む
キティ・ジェノヴィーズ[2]が自分の玄関間で殺され、私ら夫婦は
いつか誰かがドラム缶の一本に爆弾を投げ込むのではと恐れた。

子供たちのためにカリフォルニアの郊外住宅地の
安全圏へ引っ越した。青々とした芝生が茂り、塀は高く、中庭は
アトリウムと呼ばれた。近所共同警戒[3]もあって

麻薬の取り引きは目の届かない所で行われていた。

私たちは今ここに安楽な世捨て人のようにして住み、青々とした芝生、高い塀、ローズ・ガーデン[4]とシークレット・サービスに囲まれた家からわれらみなの大統領の夫人[5]は麻薬に対する戦いを布告する。

1 Con Edison. ニューヨーク市を中心に電力・天然ガス等を供給する会社。
2 83頁注1参照。
3 Neighborhood watch. 一まとまりの隣人同士で不審な者が近所に入り込んでいないか日頃注意し、不審に思った際にはすぐに警察に連絡する。
4 アメリカ大統領が公式の場に利用することのある、ホワイト・ハウスの庭園。
5 ナンシー・レーガン(Nancy D. Reagan)。ロナルド・レーガン(Ronald W. Reagan)第四〇代アメリカ大統領(一九八一—八九)夫人。

プリシラのために

あなたが中国にいた何年か私たちはバラバラに過ごしていたけど
脈絡のない文を紙の切れ端に書いてめいめいに送ってくるようになり
遠隔操作でみなを一まとまりに動かした
みんなで手紙をジグゾー・パズルのようにして読んだから。

去年の復活祭では過ぎ越しの祝宴[1]を初めて経験させてくれた
あなたは言った、だって復活祭を病気で寝て過ごしちゃだめよ。
私のダイニング・ルームへすね肉、ゆで卵、苦菜《にがな》、
それにこんがり焼いて煮てスパイスを振りかけた七面鳥をもってきてくれた。
自ら選った町の外からのお客を連れて揚々と入場し
ベン・シャーン[2]版典礼書[3]の唱和を指揮した。

丘に立つあなたの家のまぶたと
歩道のシダの髪に今夜が訪れている。
あなたがゴム手袋をはめて床に敷いた
青と白のタイルには他人の靴音が響き、

ラグーナ・キャニオン・ロードにあなたがつけた黒く怒った筋は
さらに多くの酔っ払ったタイヤが黙らせてしまった。

あなた独特の家庭っぽい祝宴テーブルなしで
どうやって来年の復活祭兼過ぎ越しの祭りを祝ったらいいの？
私たちはテーブルのまわりの椅子を数えるでしょう
……何度も何度も。
あなたの暖かくてかん高い声が
部屋の隅々を満たすことはないでしょう。

でもプリシラ
あなたが詩と共に残したタイヤの跡は
あなたの笑い声と共に私の耳に響き続けるでしょう
そして私は二人分老いていかなければならない。

1 Passover Seder. ユダヤ教の祝祭。エジプト脱出の際の苦難の象徴として、数種類のものを食べる。

2 Ben Shahn（一八九八—一九六九）。ロシア（リトアニア）からアメリカへ移住したユダヤ系画家。

3 **Haggadah.** 「出エジプト記」の一節が過ぎ越しの祭りの際に読まれる。

山田ミツエ

女の仮面

一

これは私の日常の仮面
娘、妹
妻、母
詩人、教師
祖母。

仮面は抑制
隠蔽
忍耐
仮面は私
自身からの
逃避。

二　（柔和な女の能面）

その仮面の上に
私という
おまえの仮面が重なる
おまえの目の瞳の中に
感謝を忘れず
慎み深い
アジアの女が一人
身じろぎするごとに
光と
影の新たな
戯れを織りなし
この仮面は
おまえに似合う。

しかしここで
私は私という
おまえの仮面と
私という

日常の仮面を
取り外す
成長する爬虫類の
使い古した皮のように
それははがれ落ち
現れるのは

三　（重しのついたおもちゃの神、ダルマの仮面）

ダルマ
口はじょうご
言葉は内部へ炸裂し
逆さになったメガホンを
通してほとばしる
飛び出た目は人の
注意を引き付けずにおかない
私はダルマ
押してごらん

じっとしていないから
にらみつけてごらん
目をそむけないから
笑わせようと
してごらん
ニコリとも
しないから。

ダルマに抵抗へと
駆り立てられ
ダルマに行動するよう
挑発されて
私がなるのは

四　（老いた魔女、鬼ばばの仮面）

鬼ばば
老いた醜い女

鬼ばばの幾筋もの
光を見てごらん
幾年もの私の悲しみが
皮膚のしみの
一つ一つを通して輝き出る
その赤外線は
おまえの仮面を
突き通るだろう。

五　(柔和な女の能面)

これが私の日常の仮面
娘、妹
妻、母
詩人、教師
祖母
仮面は抑制
隠蔽

忍耐
仮面は私
自身からの
逃避。

山田ミツエ

あなたも罪悪感なく気楽に生きられる

床に届くほどのミンク・コートを身にまとった女が
ニューヨーク・タイムズで言ったこと——
「このコートを作る時動物はもう死んでたのよ。」

今日一つ殺すのに手を貸した
目の前にぼんやりと現われ
バックミラーに目をこらすと
形が分かった
古い毛皮の絨毯のように
赤くぬらぬらして
それはもう一度押しつぶされ
再び転がされて横たわった
死体でまんべんなく舗装された
この真新しい道路の
もう一つの筋跡

振り返るな

もうどうしようもない
他の連中もそうしたんだ
ただビュンビュン飛ばせ
でなきゃいつまでたっても着かないぞ

車輪の響きに調子を合わせ
共にわざと勢いをつけた
赤い水膨れは
遠ざかって消える

とにかく、殺した死体は
もう死んでいた。

一九八六

山田ミツエ

ハロルドと紫のクレヨン[1]

アーロンとジェイスンに

ある夏
おまえたちにクレヨンの
大きな箱を
あげた

そして公園で肉屋の巻紙[2]を解き
　木の橋を越えて干からびた小川を抜け
　　丘を登って谷に到るまでそれを広げた

そして言った、さあ世界を描こう！

おまえたちは描いた、ひっかきのたうちまる
　かおぶたわに
　いえきつき
　かみなりねこうちゅうひこうし

まどまどまど

すべてを手に入れて
ほしかった
でも、世界にある
あらゆるものを
ほどほどに
ほとんどすべてだけど
ほどほどに。
と心配していた。

肉屋の紙はおまえたちの橋を越え
小川を抜けて丘に沿い
谷へ降りて森の横に広がり、
あかあおみどりくろきいろむらさきの絵の具
枠など無視したはね散る筆さばきで
おまえたちは私の世界を永久に彩った。

1　クロケット・ジョンソン（Crockett Johnson）作、一九五五年出版の絵本の題。ハロルドという幼児が紫のクレヨンで自分が欲しいものを描いて次々に実現していくという話。

2　かつて肉屋で包装用に使われた紙で、店内では大きな巻紙になっていた。この詩では、その巻紙がどこまでも広がるイメージが使われている。

山田ミツエ

母の手触り

私をあなたに繋ぐ絆は
昔話を聞くとこわばって
二人のふれあいを妨げた
海を渡ったことや
失われた家族の縁や
実らなかった子供の頃の夢

私の夢にも流れ込んだ夢
赤ん坊が新たに生まれた時
あなたは言った、触れてはいけない
子供が腐ってしまうと
赤児の清潔で
柔らかい肌に緑の
けばけばが生えはしないかと
毎日注意深く私は見た

骨が浮き出る裸の
私を風呂桶でゴシゴシ
こすった、バケツにいっぱいの
おむつや綿の長靴下を
逞しい腕で洗って
ざらざらになった手で

私を包み込んだことのない腕
暖め過ぎると私も緑色に
腐ってしまうと恐れたから
戦争が始まって
引っ越した時
あなたの強く忙しい腕は
刑務所暮らしで痛手を受けた夫や
不安を抱えた友人、困窮した親戚を慰めた
絆は伸び続け
増える子供と孫で
重くなるばかりだった

今それは辛い労働を知らない
この手の肉に食い込む
絹の糸
私はしがみつく
まだ生まれぬ者たちに
あなたの昔話を聞かせるまで
海を渡ったことや
失われた家族の縁や
実らなかった夢の

山田ミツエ

変化への祈り

くぐもった母の声が
薄もやの霞を通して
聞こえる

「許しておくれ
今言わなくては
おまえには似合わない
名前をつけてしまったので
血に毒が混じって
おまえは病気になった
神様にお願いして
名前を変え
もっと簡単なものにしよう
そしたら生き存《ながら》えるだろう
目を開けて
あたしを見ておくれ

あたしが言うことを
祈りを聞いておくれ

男は三人の息子を欲し
女は
一人の娘が要る

おまえが生まれた時
父さんは
人名録の中に
女の子の名前を見つけた
美しく
流れて
深い
水[1]
そして言った
自分の一人娘には
優しく女の子らしい名前がいい

書き方をちょっと変えてみよう
もっと素敵に
こんなふうに
Mi-tsu-ye

でもおまえという子は
美しくならなかった
おまえには平凡な
名前だけが縁起いい
健康を取り戻しておくれ
私のために。」[2]

母の祈りは
青い手術の音。

1 「美しく／流れて／深い／水」は「美津江」という日本語の女性名のことと思われる。

2 独白の部分は移民一世の女性によるたどたどしい英語で語られている。

山田ミツエ

著者紹介

ミツエ・ヤマダがその生涯を通じて探し求め続けた先祖伝来の文化的遺産は、彼女の目の前すなわち自らの内面——自らの詩や多文化グループとの活動や人権確立のための作品——にあった。ヤマダは日本の九州で生まれ、ワシントン州シアトルで育ったが、第二次世界大戦の勃発とともに家族とともにアイダホ州の強制収容所に収容された。

彼女は現在カリフォルニア大学アーバイン校アジア系アメリカ研究講座で教鞭を執っている。サイプレス大学を退職後、カリフォルニア州立大学フラートン校寄宿作家(Writer-in-Residence)、カリフォルニア大学ロサンゼルス校客員教授、サン・ディエゴ州立大学芸術創作講座寄宿芸術家(Artist-in-Residence)を歴任した。

ヤマダは他文化女性作家連合(MCWW)の創設者であり相談役を務める。彼女は人権活動にも参加し、アメリカ・アムネスティの国際推進委員会を通して、第三世界諸国の人権意識向上に力を入れている。また、良心的反体制収監者支援プロジェクトを通して、アメリカ国内の政治犯の支援活動にも携わっている。

一九八二年には、ロサンゼルス女性芸術協会からウェスタ賞[1]を受賞した。一九八四年にはヤッド芸術コロニー[2]での執筆滞在を認められた。一九八一年にPBS〔Public Broadcasting Service 米国公共放送網」で放送された番組「ミツエとネリー――アジア系アメリカ人詩人」は彼女とネリー・ウォン（Nellie Wong）を取材したものである。

1　Woman's Building of Los Angeles は、すでに解散したが一九七〇年代に設立された、女性の芸術活動を支援する団体で、優れた創作活動を行った女性に Vesta Award を授賞していた。ウェスタは、ローマ神話に登場するかまどの女神。

2　Yaddo は、ニューヨーク州の鉱泉保養地サラトガスプリングスにある、芸術活動支援施設で、多くの芸術家に便宜を与えている。許可されれば滞在費と食費が無料で創作に専念できる。ヤマダはここで本書の第二部にあたる『砂漠行』を完成した。

一九四一年一二月七日（米国時間）、日本軍による真珠湾攻撃の翌日、米国では敵性外国人の資産が凍結された。西海岸地方では日系人が日本軍のために第五列活動（後方撹乱工作、諜報活動）を行っているという流言が広まり、翌一九四二年二月一九日、ルーズベルト大統領は行政命令第九〇六六号（Executive Order 9066）に署名し、指定軍事地域から日系人及び他の破壊活動者を立ち退かせる権限を陸軍に与えた。三月二日の公示第一号と三月一六日の公示第二号によって西海岸三州の西半分とアリゾナ州の南三分一が軍事地域に指定され、一八日には戦時転住局（War Relocation Authority: WRA）が設置された。三月二四日に最初の立ち退き命令が出され、八月七日までに立ち退きが完了、約一一万二千人の日本人（その内七一、四八四人はアメリカ国籍を持つ）は一時収容所かＷＲＡの収容所に収容された。一一月三日、ＷＲＡの転住所の完成により日系人は仮収容所から転住所へ移された。

日系アメリカ人に耐え難い屈辱と苦難を与えたこの収容所体験は、さまざまに記憶され記録されたが、文学や絵画の形でも焼き付けられた。日系二世詩人ミツエ・ヤマダもそのような体験から文学作品を生み出したひとりである。彼女は一九二三年に両親の故郷福岡県で生まれシアトルで育ったが、第二次大戦の開始とともにアイダホ州のミネドカ収容所へ収容された。その後は大学で英語や文学の教鞭を執り、現在も多文化女性作家連合やアムネスティ・インターナショナルの活動に加わっている。その詩集『収容所ノート――その他詩編』は、内陸部に急造された強制収容所での生活を描いた作品集だが、その中の「志願兵徴募官」には、アメリカ人としての自己認識を破壊された日系人の痛烈な叫びを伝える次のような一節がある。「なぜ俺が志願しなくちゃならないんだ！／俺はアメリカ人だ／俺にもあるはずだ／徴兵される権利が。」この短篇詩は、志願兵を募集する軍人に向って日系人たちが輪を作って憤りをぶつける情景を歌った作品だが、ここにはアメリカ人でありながら敵性外国人扱いを受けるという、分断されたアイデンティティーあるいは二重自己意識が如実に語られており、その鋭利な心の痛みが読むものの胸を打つ。

では、そもそも如何なる理由をもって、米国在留日本人のみならずアメリカ市民権を持つ日系人までが収容所に送られなければならなかったのか。日本人のアメリカへの移民開始は一八六九年だが、本格的になるのは一八九〇年代であり、日本人移民はその頃から一九〇〇年代にかけて、かつての中国人に代って過酷な労働に耐えて開墾を進め、野菜市場を独占し始める。「約束の地」カリフォルニアに移住してきた白人たちにとって、日本人は彼らを脅かす存在となり、その脅成は一九〇四年日本が日露戦争に勝利することによって一段と深まり、黄禍論が流布して排日運動が激化する。一九一三年ついにカリフォルニアで日本人の土地所有禁止法案が制定され、一九二四年には排日移民法案が連邦議会で成立し、逆に日本の世論は反米に傾いて行くことになる。

当然のことながら、アメリカ人であるはずの日系人をも対象とした強制収容に至るには紆余曲折があった。開戦当初は、当時アメリカ西部沿岸防衛の任を負っていた太平洋沿岸防衛司令部司令官、ジョン・L・デウィット陸軍中将も集団強制収容は無意味で、危険人物だけを除外すれば足りると考えていた。しかし日本軍の南太平洋諸島への進出が米西海岸住民の不安を招き、反日感情は極端に激化した。一人の危険分子の拘留のためには他の無数の日本人の自由制限も止むなしとの世論が支配的となり、日系人の持つアメリカ市民権への侵害は無視されるに至る。司法当局は市民権侵害となる無差別の集団収容には反対であった。しかし、西海岸で吹き荒れる日本人脅威論はついに国家の緊急重大な局面に鑑みて、強制収容の判断を軍に一切委ねるという形で司法省をも屈服させることになる。軍事的緊急性が人権に勝るとの判断が下されたのである。一九四二年二月一七日、ワシントンの司法長官F・ビドル宅での会合で行政命令の草稿が示される。司法担当者たちは驚き憤って最後の抵抗を試みたがそれも空しく、二日後の一九日ルーズベルト大統領は行政命令第九〇六六号に署名し、軍事地域の指定と立ち退き命令の権限を陸軍に与えた。

以後の経緯は、デウィット中将によって出された一連の公布、命令書、指示書に見ることができる。大統領行政命令に続き、デウィット司令官の公示が矢継ぎ早に出されるが、それらでは軍事地域が指定され、全ての敵性日本人、敵性ドイツ人、敵性イタリア人、そして日本人を祖先とする全ての人間の立ち退きが求められた。また公示第五号では、高齢者、軍関係者の家族、帰化申請中の者、病人などの立ち退き免除の指定がドイツ人とイタリア人の場合のみ認められた。日本人のみを差別扱いするこれらの措置は最終的に、各地区ごとに公布された「民間人退去命令書」と「日本人を祖先とする全ての人間への指示」に集約される。退去命令書には(一)軍事指定地域からの退去、(二)家族代表の出頭、(三)違反者の罰則、(四)仮収容所滞在中の免除措置が述べられ、同時に公布された指示書では、所持品など立ち退きに関する細かい規定が伝えられた。これらはいずれも、外国人および非外国人の日本人を祖先とする全ての人間を対象としたものである。

戦争への恐怖と人種偏見によって引きおこされたこの歴史的過誤は、その犠牲となった人の心に癒し得ない傷跡を残すことになる。「日本人を祖先とする全ての者へ」という言葉への当惑、合衆国市民である自分がなぜ収容所にという憤り、さらには日系人であることへの恥辱を感じたという体験者の回想は、右に取り上げたヤマダの詩「志願兵徴募官」と同様、多くの収容体験者に共通する思いであっただろう。「志願兵徴募官」ではさらに、二世などの若い世代と一世の老人世代との対照にも注目しなくてはならない。若者たちは人だかりの輪の内側にいて徴募官の話に耳を傾けるが、老人たちは外側にいて、自分たちの母国と戦う人間を募る者たちに「馬鹿野郎」と罵声を浴びせる。アメリカのために戦うことによって自らの国への忠誠心を示し、また日系人の名誉と人権と人種的平等をも手に入れようと考える若者たちは、後にその勇猛果敢な戦いぶりで知られた第四四二連隊戦闘部隊や、第一〇〇歩兵独立連隊などの二世部隊で活躍することになる。

日系人としての引き裂かれた自己と、日系人の世代間の断絶のテーマは『収容所ノート』に一貫して見られる。「内輪のニュース」では、故国を遠く離れたアメリカ内陸部の砂漠で祖国の勝利を信じようとする日系一世と、彼らの無邪気な願望を客観的に見つめる二世との世代間で異なるそれぞれの自己認識が描かれている。「何だって、／わしらが／いくさに負けてるだって。／わしらって誰だ。／わしらってわしらさ、敵だよ／敵ってのは敵だよ。」日本で生まれて移民してきた、国籍も精神も純然たる日本人である一世たちの言う「わしら」とはすなわち母国日本を指す言葉であり、それは同時に、彼らの終生の地と定めたアメリカにとっては「敵」となる。その親世代と、アメリカ市民であり本や写真でしか日本のことを知らない二世たちとの間に横たわる大きな溝。この悲劇は、自分の親の生まれた国と戦うという辛い決意をした二世兵士の姿を描いた、日系人画家ヘンリー杉本の「最後の決意」にも見事に描写されている。その絵では、ベッドに腰かけた若い日系の米軍兵士が、ベッドの上のトランクに父母の写真をしまおうとしている。壁には星条旗と軍帽、床には米国の対日宣戦布告を告げる新聞。祖先の国と戦おうとする悲壮な決意を秘めた胸中が見る者に伝わるこの油彩画は、作者のジェローム収容所時代に描かれた。

同じく『収容所ノート』の「監視塔」では、収容所内での日常の一こまが鮮やかに描かれる。若者たちは恋の歌に合わせて肩を寄せ合いダンスをする。日系人であろうとなかろうと、収容所の内側であろうと外側であろうと、他のアメリカ人と同じ生活がそこには展開されたのだ。「こうして私たちは日々を過ごした。／私たちは愛し合いそして生きた／人々とまったく同じように。」他の普通のアメリカ人と同じように、との意味を込めた最後の一行には日系人排斥に対する静かな怒りが読み取れる。

この強制収容に対しては、戦後しばらくたってから補償運動が進められることになるが、その大きな契機となったものに、「追憶の日」という行事がある。収容所経験者がその過程を忠実に再現して、指定場所に集合し、名札にかつての自分の番号と名前を書き込み、軍用バスに乗って鉄条網の門をくぐって会場に入る。そこには当時のバラックなどが復元してあり、参加者は当時の過酷な日々に思いを馳せると同時に、歴史上の過ちの繰り返されないことを広く社会に訴えるのである。この行事は一九七八年にシアトル近郊で始まり全米の注目を集めるようになったが、一九七九年の追憶の日では、ミネドカ収容所の監視塔の複製を作りそれを焼却するという計画が立てられた。計画そのものは白人の反感を買うことを恐れた周辺の日系人の反対によって中止されたが、武装兵士が立ち続けた監視塔の存在が、苦難に満ちた収容所体験の象徴であったことは想像に難くない。

もう一篇のヤマダの作品集『砂漠行——詩と物語』には、戦後四〇年を経て収容所跡の砂漠を訪れた時の感慨を綴った、標題作の詩「砂漠行」が収められている。そこでは、これまでに見てきたヤマダの収容所体験が時の流れによってさらに結晶化し、より明確な声となって現れて来る。五節からなるこの詩は作者が収容所のあった砂漠を再訪する場面から始まる。さそりや蛇などの小動物が寄る辺なく共生し、砂には風紋が刻まれた静寂の支配する砂漠で作者は、収容当時はその静寂を感じ取れなかったことに気がつく。続く第二節では砂漠の中に失われてしまった五四七日の日々が苦渋に満ちた思い出の中に甦る。「四〇年前／私はここで遺書を書いた／小麦粉のようにきめ細かい熱い砂の中で／指をゆっくりと動かした／三つの言葉——私は・ここで・死んだ／風がその言葉を綴じ込んでしまった。」

砂漠に位置するミネドカ収容所は、摂氏四五度という夏の暑さや零下三〇度という冬の寒さも厳しかったが、非常に細かい砂塵も人々を苦しめた。窓や扉を閉めていても侵入してくる砂埃を防ぐために頭巾や帽子で顔を覆い、就寝時は濡れタオルを顔にあてたという。『収容所ノート』の「砂漠の嵐」では、窓を閉ざしただけでは足りず、新聞紙やぼろ布を食堂のナイフで隙間に詰め込んでも、毛布の下にまで竜巻の砂が入ってくる様子が描かれる。たとえ劣悪な環境でも、あくまで自分たちは尊厳と権利を備えた一個人なのだとの思いを作者は次のような詩句に凝縮させる。「これは／監／禁／じゃないんだ。これは／転／住／なんだ。」これは、強制収容を「転住(relocation)」と遠回しに表現する米国政府に対する、すさまじいまでの皮肉である。と同時にこれらの言葉は、転住である限り、市民権は保証され必ず元の状況に帰れるはずだと、呻くようにそして自らを奮い立たせ言い聞かせるように吐き出されている。分かち書きをした「監／禁」と「転／住」の二語は、その心情を伝えて余りある。

その収容所で五四七日を過ごし、美しい夕日も虚ろにしか目に映らなかった四〇年前、焼けるような熱い砂に指で遺言を書いた彼女は、自分の「遺骨」を捜しに再びその地を訪れ、干からびた枝を取り上げ独り埋葬の儀式を始めるのであった。第三節では、理不尽な強制収容の犠牲者である自分を、毒蛇ガラガラヘビの駆除のために収容所の周囲に放たれた大蛇ネズミクイにたとえる。この比喩はすでに『収容所ノート』の「アイダホ州ミネドカ」で用いられているものである。所内に逃げ込んだ生まれたばかりのガラガラヘビを、弟のジョーとその友だちが捕まえてマヨネーズのビンの中に入れているのを見た作者は「逃がしてあげたら」と彼らに言う。するとジョーは「でも迷子なんだよ、それにほら／目も見えないんだ……／助けてあげたのさ／苛《いじ》められないように」と答える。日系人に対する暴力・殺人事件は開戦直後から発生し、それは一方では日系人の身の安全を守るという、収容を正当化する名目を与えることにもなった。しかし如何なる理由が並べられようと、被収容者にとって収容所は「ビンの中」なのであり、彼らが自らの意志に反して自由を剥奪された存在であることに変わりはない。

収容当初のこのような概嘆は、時を経て研ぎすまされ、より複雑で含蓄に富んだ表現に到達する。「アイダホ州ミネドカ」では、ビンの中のガラガラヘビが作者たちと同一視される。だが、「砂漠行」ではガラガラヘビは、その言葉の持つ「おしゃべり、裏切り者」という象徴的意味が効果的に用いられて、破壊活動者やスパイの隠喩となっている。「兵士がこの砂漠に持ち込んだ／大蛇ネズミクイのように／私たちもここに移された／あなた方の悪夢の中の／ガラガラヘビを追いやるため」。このように、破壊活動防止という名目で軍部に強制収容された自分たちを、裏切り者のガラガラヘビを追いやるための、天敵のネズミクイに擬するのである。スパイ捕縛のために多数の人間を無差別に強制収容するという軍の方針に対する断罪と非難は、この巧みな比喩によって一層痛烈に響くだろう。

さらに次の連では、スパイ狩りの手段に使われた自分たちを捕食者と呼び、我々があなたの気持ちを安楽にしてあげる、と皮肉を投げかけていく。その上で、裏切り者の蛇を捕食する大蛇である私は、あなたの目の前で舌を振り出してやると、秘めたる抵抗の意志をも顕わにする。

辛辣な抗議の言葉に続く第四節では、再び収容所生活の思い出が甦る。手が届きそうな静寂な夜空に輝く、硬貨ほどにも大きく見える星、震える夜の寒さ、カンガルーネズミの巣、そしてこの夜行性の動物が距離を保ちつつも自分たちよそ者を受け入れてくれたことなど。続く最後の第五節は、地上の貴重な空き地である砂漠は人の立ち入らない無用の地にしておくことこそ有用な使い方なのだ、という訴えの言葉で始まる。ミネドカに移ってから約一年半後に、シンシナティ州立大学への入学を認められて収容所から去ることになった日の、路面がでこぼこ道から舗装道路へと変わった時の嬉しさと、手を振って別れを惜しんでいるかのように見える木々の姿の描写に続き、この詩は次のような言葉で締めくくられる。「どうしても私をあなた方の求めに従わせるのなら／私は死を選ぶ／そしてあなた方にもそうさせる。」

　このような憤怒の情念は恐らく、実際の体験者にしか分からないものなのだろう。そして大半の日系人はそれを胸中奥深くしまい込んで戦後を暮らしてきた。しかし、ヤマダの場合のように文学にその情念の発露を求めた場合、それは時として奔流が堰を切るように、時間の薄皮を突き破って迸り出ることがある。

　『収容所ノート』の「あの女の人へ」は、その意味では最も激しい怒りの表現に満ちた作品である。なぜ日系人は抵抗もせずにアメリカ政府に思い通り強制収容を進めさせたのかというサンフランシスコの女性の問いに対して、詩人は答える。暴力に訴えてでも抵抗すべきだったのかも知れない、焼身自殺をしたり裸で怒鳴りながらデモをして抗議すべきだったのかも知れない、と。そして、そうすれば、あなた方も抗議行動をして私たちを助けてくれたことだろうと、返す刀で精一杯の辛辣な皮肉に満ちた言葉を投げ返す。だが、ヤマダの言いたいことは誰が悪いのかという表面的な問題ではない。そうではなく、彼女は「あなた方がそれを許した／私がそれを許した／すべての人が罰せられる」と、人間誰しもの根元に潜む愚かさや弱さに光を当てるのである。

　三人の二世の男性が抵抗して逮捕されたりはしたが、多くの日系人が粛然と強制収容に応じた。武装した軍の命令に対しては従う以外はなかっただろうし、我慢や忍耐といった伝統的な日本的価値観もその理由としてはあげられよう。だが、不当な扱いを受けようとも、いや、だからこそなおのこと国民として政府の命令に従って忠誠心を示そうという、寛容とも従順とも自己否定とも、場合によっては愚昧とも言える態度がそこには見られるのではないだろうか。そしてそのような考え方を現出させたのは、戦争という極限状況と歴史の酷烈なうねりに触発された、人間の心に潜む差別の衝動だと言えよう。

『収容所ノート』には四三篇の詩、『砂漠行』には二七篇の詩と二篇の短篇小説が収録されている。二篇の小説のうち『サトカエリ』は、四〇年ぶりに母国日本へ里帰り旅行をする日系女性が、母に代わって亡き父親の愛人を探し当てるという筋である。結婚のために渡米して苦労を重ねた一世の母親は、夫と愛人の間に生まれた娘からの大事な手紙を焼き捨ててしまう。母のために謝罪しようとする、日系アメリカ人の語り手の「satokaeri」を通して、民族意識に根付いた自我、出自、伝統との邂逅が静謐な筆致で語られる。また、『東さんは死んだ』は、一世の母と二世の娘の世代間に横たわる価値観、世界観の相違による両者の葛藤を描く。将来をはかなんだ東未亡人の子供との無理心中は、一世の母には立派な行為と、しかし語り手の二世の娘の目には犯罪的な行為と映る。東洋と西洋、儒教とキリスト教、血族と個人、「恥」の文化と「実利」の文化。これらの対立が母娘の日常の会話を通して語られる。

これらヤマダの作品の本質は何かと問うならば、それは、人種、国家、民族、性のはざまに失われた自己を求める流浪の文学と言えるだろう。アメリカの硬貨の一部には「多数からなる統一体」(*e pluribus unum*)という言葉が刻まれている。そのような国家体制を目指す多民族国家アメリカの社会を表す言葉として、かつては「人種のるつぼ」(melting pot)がよく用いられた。これは、混在する民族は接触、競争、適応という人種関係の変遷を経て同化に至るという同化理論を前提とした言葉である。しかし、一九六〇年代からの文化多元主義の台頭とともに現在では「サラダの鉢」

（salad bowl）や「モザイク」という言葉が用いられるようになった。サラダの材料のように、他のものと混在していてもそれぞれの個性は失わないでいることの比喩である。このように多種多様な民族、文化、言語が混在する米国社会の人口構成は、国勢調査の一九九〇年の統計では次のようになっている。総人口二億四、八七〇万人のうち、白人一億九、九六八万人（約80％）、アフリカ系アメリカ人二、九九八万人（約12％）、ヒスパニック系二、二三五万人（約9％）、アジア系七二七万人（約3％）、原住アメリカ人一九五万人（約1％）。このような多民族国家アメリカでは半ば必然的に、いくつかの基準に基づく集団の概念が形成され、それらの集団の間での対立、抗争、差別などが避けられない。そのような集団には、言語など後天的に形成された文化的特徴による「民族集団」、目や皮膚の色・骨格など生物学的特徴による「人種集団」、信仰にかかわる特徴による「宗教集団」などがある。その結果として、差別を受けやすい弱小集団、すなわち小数派集団あるいは被差別者集団、つまりマイノリティが生まれる。

日系人強制収容も、現在アジア系アメリカ人の一割強を占める人口八五万人（総人口の約0.3％）の日系アメリカ人という、一つのマイノリティとしての歴史である。その歴史の中で個人の人格を埋没させ、自己の尊厳を奪っていった人種、国家、民族、性とは、つきつめれば人間の精神の生み出した概念、すなわち制度であると言えよう。しかし、その単なる制度に支配された社会では、しばしばマイノリティはその存在証明を喪失し、その姿が明確に認められなくすらなってしまう。アメリカ社会における日系（アジア系）の女性であることをヤマダは、「見えないことは奇妙な不幸」と題したエッセイで「存在するが見えない（主張が聞こえない）マイノリティ」と表現している。白人と男性中心の社会の女性として、また人種的・民族的マイノリティとして、決して自らの意見を顕わにしない従順で「見えない」存在になるように幼い頃からしむけられたと、ヤマダは回想する。

私個人としては五〇歳近くになるまで「姿を見せる」ことはしなかった。明らかに、長い間慣らされているうちに、本当の自分を見られないようにする術を学んでしまったのだと思う。他に影響を及ぼさないようにしていた長い生活で、ついには姿の見えない存在になってしまったのだと、今では思う。そのしつけは子供の時に始まるが、女性やマイノリティにとって子供時代に始まったことは大人になってもずっと続く。

人種と性という制度のもと、マイノリティとして生きるために無言の圧力の下で身につけた処世訓は、他人の目につかないようにすることであった。そして、この処世訓こそが愚かな消極性となって強制収容を許すことになったのだと、ヤマダは自省する。

日本語には、諦めて物事に従うこういった態度を表すのに便利な言い方がある。「*Shikataganai*（仕方がない）」。……第二次世界大戦中の日系アメリカ人立ち退きに関しては、いろいろ社会学的な研究がなされているが、「彼ら」が西海岸の日系人がさして抵抗もせずに従うだろうと考えていたことを、今こそ私たちは肝に銘ずべきだ。そして「彼ら」は正しかったのだ。私たちのほとんどが（よく知られた少数の例外を除いて）、うろたえ不承不承ではあっても、運命だと諦めたのだから。

自戒と反省の念を込めた日系人としての体験に、ヤマダのマイノリティの権利意識は由来する。しかし、彼女のそれは決して単に日系人だけのための権利主張ではない。民族性が危機に陥ったり恥辱にまみれたとき、民族意識が創出され、神話や伝統の再構築・再解釈の機運が起こる。だが、ヤマダの場合、それに加えて女性であり日系であるという二重のマイノリティが複合的視点と多層的あるいは文化多元主義的な考え方を生んでいるようである。

女性の権利向上に関する彼女の先鋭な意識はたとえば、若い女性の訴えをぞんざいに扱う警察を描いた「マンハッタンの自由」(『収容所ノート』)、そして妊婦に侮蔑的な言葉を浴びせる若い男性を描く「満開に咲く郊外」や、日本人形に託して象徴的に家庭内暴力を批判した「棍棒」(『砂漠行』)に読み取れるだろう。さらに「もうたくさん」(『砂漠行』)では、女性のおかれたそのような被抑圧的な立場が、たとえ共感を込めてではあれ、結果的にもっぱら男性によって隠喩化されている状況こそが、抑圧された性差を逆説的に物語っていると苛立ちを顕わにする。その苛立ちが自身にも向けられて自責の念を伴いつつ、しかし解放を求める秘めた意志として沈鬱な姿をかいま見せるのが「女の仮面」(『砂漠行』)である。女性が女性であることによって社会で果たすことを要求される役割(女性のジェンダー・ロール)や、そのような立場の女性の本心を、ヤマダはさまざまな「仮面」という巧みな比喩で表し、それらの虚実をあばいてみせる。

彼女は「太平洋岸アジア系アメリカ人女性とフェミニズム」と題したエッセイで、「移民の子として、白人社会の有色人種の女性として、そして父権制社会の女性として」生きていると自らの情況を分析し、その複層的なマイノリティの皮を一枚一枚剥いでいくことと複眼的な視座の必要性を訴える。「自分はまず女性権利の主張者だと思うが、民族性もそれと切り離せない」（同エッセイ）と考えるヤマダに、強制収容というあまりにも過酷な被抑圧体験がもたらしたものは、もはや日系人という単一のマイノリティのためだけの抑圧解放の願望ではない。それは、女性権利意識を基盤として複数・複層のマイノリティをも視野に取り込む普遍性を備えたものとなっている。アフリカの民族の苦難を印象的に歌う「演説」や、第三世界の女性の自立を願う「もう一つの例」（『収容所ノート』）に見られる、他のマイノリティへの深い共感と激励の眼差しはそれをよく示している。いかなるマイノリティも、マイノリティであることによって、いかなる不利も被るべきではない。ヤマダはおそらくそう言いたいのだろう。なぜなら、「私たちの姿が見えないことを最終的に認識することが、姿を見せるための道に結局つながるのだ。姿の見えないことは誰にとっても自然なことではないのだから」（エッセイ「見えないことは奇妙な不幸」）。そしてすべての人間がその真の姿を見せるようになったとき、「わが町地球」（『砂漠行』）で切望されているような、理不尽な悲しみの消えた将来が実現することを、ヤマダとともにわれわれは願わずにはいられない。

一九八八年八月、一九八八年市民自由法によって、米国政府は強制収容の過誤を認めて謝罪し、一九九〇年一〇月から一人二万ドルの補償が開始された。多人種混在のアメリカ社会では人種を意識しないでは一日も過ごせない。そしてその意識には往々にして痛みや悲しみを伴うことが多い。だが、同時にその痛みや悲しみを和らげたり、取り除こうとする崇高な努力も常になされていることを忘れてはなるまい。多民族国家アメリカでは、アジア系の顔をしていてもアジア系アメリカ人もいれば日本人や中国人もいる。したがって「外国人」という概念は希薄である。だが、国民のほとんどが黒い髪、黒い眼、黄色い肌をしている日本ではこうはいかない。日本人と非日本人の区分が厳然となされる。と同時に多くの日本人は自分の人種や民族についての意識をほとんど持たずに生活している。その意味では、外見の似通った少数の人種と民族で構成される日本社会は特殊なのかも知れない。世界的な規模で人間の往来が増加しつつある現代、特に多方面で国際化を余儀なくされる日本社会において、人種、国家、民族、性とは何かと考えるとき、ヤマダの作品は他のマイノリティの文学とともに一つの示唆を与えてくれる。

（石幡直樹）

本書は日系アメリカ人作家ミツエ・ヤマダの『収容所ノート——ミツエ・ヤマダ作品集』の全訳である。この作品集は著者の最初の詩集『収容所ノート——その他詩編』(一九七六)と次の作品集『砂漠行——詩と物語』(一九八八)を合わせたものとして一九九八年に出版された。私たちのヤマダの作品との出会いは、石幡が出席した一九九〇年夏の、首都ワシントンの中心部にあるジョージタウン大学での夏期文学講座「境界を越えて」でのことであった。そこで読んだり、場合によっては生の声を聞くことのできたさまざまなマイノリティやフェミニズムの作家の中に、日系アメリカ人を見出したときの虚をつかれたような鮮烈な驚きは、今でも記憶に新しい。この出会いは自分たちのエスニシティについて、ほとんど初めて真摯に考える機会を与えてくれると同時に、それまで触れていた、いわゆるキャノン(正典)と呼ばれる主流の作品とは違う世界の存在も教えてくれた。

このような「周辺的な」文学に対する関心が最近高まり、大学の文学教育の現場でも取り上げられることが多くなったことは、現在ジョージア大学で比較文学を教えている森も感じていることであった。そこで一九九八年に石幡がフルブライト研究員として同大学に滞在した際、以前から暖めていた本書の共訳に暇を見て二人で取り組むことにした。翻訳そのものは一九九九年夏までには大方終了したのだが、校正・編集作業の遅れと昨今の厳しい出版事情によって刊行が大幅に遅れてしまった。この点は著者のミツエ・ヤマダ氏には大変申し訳ない気持ちでいっぱいである。

翻訳の担当は『収容所ノート』第二・三章と『砂漠行』第一・三章が石幡、その他が森であるが、原稿がそろった時点でそれぞれの訳を互いに検討し、語句や注の付け方などを統一した。なるべく原文の味わいを壊さないようにしつつ読みやすい翻訳を心がけたが、思わぬ誤解もあるかも知れない。大方のご叱正を仰ぎたい。なお、原文ではイタリックスで印刷された日本語が多用され、作者の先祖の言葉であり外国語でもある日本語が独特の効果を醸し出している。翻訳では、その部分をあえてそのままにアルファベット表記とし、英語の中で放つ独特の存在感と違和感とを伝えようとした。また、それらの日本語の直後に挿入された英語訳は、日本語訳の読者にとって煩瑣になると判断した場合は省略した。

なお、訳者解説は「日系女流詩人ミツエ・ヤマダに見る民族と性」と題して『アメリカ文化のホログラム』(阿野文朗編著、松柏社、一九九九年出版)に収録された論文をもとにしている。

著者のミツエ・ヤマダ氏には石幡がロサンゼルスのご自宅を訪ねてインタビューした際や、我々二人の電子メールなどによる質問に懇切丁寧に答えていただいた。翻訳をお許し下さり、さまざまな資料を提供していただき、貴重なお話をお伺いし、また励ましの言葉をいただいたことに、そして何よりもこのような作品を生み出してくれたことに、あらためて感謝の言葉を申し述べたい。

二〇〇四年二月

石幡直樹
森　正樹

訳者紹介

石幡直樹 いしはた・なおき

1953年生まれ。1979年東北大学大学院文学研究科修士課程修了。現在、東北大学大学院国際文化研究科教授。専門はイギリス・ロマン派文学、日系アメリカ人文学。

森 正樹 もり・まさき

1960年生まれ。1984年東北大学大学院文学研究科修士課程修了。1990年ペンシルバニア州立大学にてPh. D. 取得。現在、米国ジョージア大学準教授。専門はイギリス・ロマン派文学、比較文学。

収容所ノート

ミツエ・ヤマダ作品集

訳者 石幡直樹／森 正樹

2004年 6月10日 第一刷発行

発行者 森 信久
発行所 株式会社 松柏社
〒102-0072 東京都千代田区飯田橋1-6-1
TEL. 03-3230-4813（代表） FAX. 03-3230-4857

装幀 加藤光太郎
印刷・製本 モリモト印刷株式会社

定価はカバーに表示してあります。